afgeschreven

De Wilde Kippen Club
voor altijd

Ander werk van Cornelia Funke

Cornelia Funke & Thomas Schmid

De Wilde Kippen Club
voor altijd

Vertaald door Esther Ottens
Met illustraties van Edda Skibbe

Amsterdam · Antwerpen
Em. Querido's Uitgeverij BV
2010

www.wildekippenclub.nl
www.corneliafunke.nl
www.queridokinderboeken.nl

STICHTING NEDERLANDSE
KINDERJURY
2010

Oorspronkelijke titel: *Die Wilden Huhner und das Leben*
(Cecilie Dressler Verlag, Hamburg, 2009)

Copyright tekst © 2009 Cornelia Funke en Thomas Schmid
Copyright vertaling © 2010 Esther Ottens /
Em. Querido's Uitgeverij BV
Copyright illustraties © 2009 Edda Skibbe
Copyright illustratie pagina 6 © 2010 Juliette de Wit

Omslagillustratie Juliette de Wit
Omslagontwerp Suzanne Hertogs

ISBN 978 90 451 1087 5 / NUR 283

Proloog

Sprotje tekent een wolk in haar notitieboek. Kippen kunnen niet vliegen, zeggen ze. Alleen fladderen. Sprotje kijkt uit het ronde vliegtuigraampje. Blauwe lucht en daaronder een wit wolkendek. En óf kippen kunnen vliegen. Sprotje glimlacht. Zij kan het weten, als Opperkip van de Wilde Kippen. De Wilde Kippen waren een echte meidenclub – vriendinnen door dik en dun, en dat zijn ze nog steeds: Sprotje, Roos, Kim, Melanie en Lisa.

De Pygmeeën zijn er natuurlijk ook nog. Het zijn er vier, om precies te zijn. Fred, Willem, Mat en Steve. Vroeger waren de Pygmeeën de grootste vijanden en soms-vrienden van de Wilde Kippen. Intussen zijn ze eerder de grootste vrienden en alleen soms nog vijanden, maar dan wel lievelingsvijanden.

Sprotje gaat verder met tekenen. De wolk verandert in een kip. Wat anders? En natuurlijk kan die kip vliegen! Over de Atlantische Oceaan zelfs. Op elfduizend meter hoogte. Dat heeft de piloot net nog omgeroepen.

Sprotje ademt tegen het raampje en schrijft met haar vinger een F in het waas. Net als toen in de bus.

Maar eerst zit Sprotje op haar fiets...

Sprotje fietste alsof haar leven ervan afhing. Al was ze nog
zo buiten adem en barstten haar longen bijna uit haar lijf,
ze wilde weg. Alleen maar weg. Wegfietsen en nergens aankomen. Gewoon alleen maar fietsen. Sprotje moest uitwij-
ken voor een dikke vrouw op rolschaatsen. Een auto toeterde.
Sprotje sjeesde langs de glasbakken, reed een stukje over de
stoep, dwars over de speelplaats, en toen stond ze voor haar
huis. Haar fiets had de weg helemaal alleen gevonden. Ik haat
liefde, dacht Sprotje terwijl ze haar fiets wegzette. En ik haat
Fred. Sprotje draaide aan de ringetjes van haar cijferslot. Dan
ben ik toch een jongenshaatster, nou en?! Ze rende de trap op
naar boven. En ik haat mezelf, dacht ze.

Sprotje deed de deur open en hield haar adem in. Ze drukte zich tegen het smalle stukje muur naast de keukendeur en
gluurde naar binnen. En ik haat het dat ik zo slecht ben in Engels, mompelde de stem in haar hoofd. Sprotje haalde diep
adem, duwde de keukendeur verder open en zei dag tegen
haar lerares, die met Sprotjes moeder aan de keukentafel zat.
'Dag mevrouw Rooze. Dag mam.'

Mevrouw Rooze en Sprotjes moeder keken haar even zwijgend aan.

'Er is moussaka,' zei Sprotjes moeder toen, en ze haalde een aluminium bakje uit de oven.

Mevrouw Rooze glimlachte alleen maar zoals ze altijd glimlachte, geduldig en alsof ze alles wist.

'Heb je iets vervelends te vertellen, mam?' Sprotje begon in het wilde weg te praten. 'Of waarom heb je anders midden in de week eten bij de Griek gehaald?!' Ze sloeg uitdagend haar armen over elkaar en probeerde haar lerares te negeren. 'Ik moet oma zeker weer helpen met spitten? Of de kelderbox opruimen? Of...'

'Mevrouw Rooze heeft het eten meegebracht.' Sprotjes moeder zocht in de la naar een spatel.

Sprotje keek mevrouw Rooze nieuwsgierig aan. Waarschijnlijk was het geduld van haar lerares nu bijna op. Maar Sprotje wilde zich niet laten kennen en deed zo nonchalant mogelijk. 'Die vijf voor Engels was toch al beter dan die vier de laatste keer?'

Mevrouw Rooze pakte vlug een theedoek om het hete bakje mee vast te houden, terwijl Sprotjes moeder de eerste portie moussaka opschepte.

'Ik hoef geen bijles, mam.' Sprotje gaf haar moeder toch de borden maar aan. 'Roos helpt me toch al?'

'Het gaat helemaal niet over je Engels. Al zou je best eens over bijles na mogen denken.' Mevrouw Rooze veegde met de theedoek een moussakaspetter van tafel. 'Het gaat over onze werkweek.' Haar blik gleed naar Sprotjes moeder. Die gaf Sprotje mes en vork.

'Eet, anders wordt het koud.'

Sprotje voelde aan het kleine kompas in haar broekzak. Een kompas hoort je de weg te wijzen, maar Sprotje had het gevoel dat ze juist hopeloos verdwaald was.

'Ik ga mee op werkweek.' Haar moeder klonk opgetogen. 'Ik ben jullie chauffeur!'

'Pardon?' vroeg Sprotje. Maar ze had er elk woord van verstaan. Al die woorden die de emmer in haar binnenste deden overlopen.

Mevrouw Rooze schoof haar stoel aan. 'Umberto kan niet rijden, die moet thuisblijven.'

'Zijn vrouw is gisteren bevallen, drie weken te vroeg.' Nu ging Sprotjes moeder ook zitten. 'Komt mijn busrijbewijs toch nog van pas.'

Toen het taxibedrijf twee jaar geleden niet meer zo goed liep, had de baas van Sprotjes moeder besloten om op dagtochten over te stappen en moesten al zijn chauffeurs hun busrijbewijs halen.

Sprotje zag de mond van haar moeder bewegen, toen die van mevrouw Rooze en daarna allebei tegelijk, maar ze hoorde alleen het suizen in haar oren. Nog even en haar zenuwen begaven het. Dan zou ze in huilen uitbarsten of het op een gillen zetten of de moussaka tegen de muur smijten.

Maar dat deed ze allemaal niet. Haar oren werkten alweer.

'Fred en jij zijn lucht voor me, oké, Sprotje?' Haar moeder lachte en stak haar hand op alsof ze een eed aflegde. 'Ik beloof dat ik altijd op tijd de andere kant op zal kijken.'

Sprotje hield nog steeds het kompas in haar broekzak in haar vuist geklemd. Fred en ik, dacht ze. Maar ze zei: 'Sorry,

maar ik ga naar mijn kamer. We hebben hartstikke veel huiswerk. Vraag maar aan mevrouw Rooze.'

Mevrouw Rooze keek een beetje bezorgd toen Sprotje de keuken uit liep. Haar moeder liep ook naar de deur. 'Sprotje, ik snap best dat je er niets aan vindt, je eigen moeder mee op werkweek, maar...'

De rest hoorde Sprotje niet meer, want ze smeet de deur achter zich dicht.

Sprotje zat op haar bed naar het kompas te staren. Het was van messing, al een beetje verkleurd, op de naden bijna zwart. Maar de afgesleten plekken glansden alsof ze van goud waren. De kompasroos was net een ster. De windrichtingen waren afgekort. N voor noord, O voor oost, Z voor zuid en W voor... waarom. Zat ze nou echt te huilen? Was dat niet superdom en kinderachtig? Om op je bed te gaan zitten huilen omdat je op de wereld zoveel kanten op kon dat je zelfs met een kompas in je hand de weg niet meer wist? Omdat je eigen moeder meeging op werkweek? En omdat het niet lukte om er met haar over te praten, hoewel je met Sprotjes moeder eigenlijk over alles kon praten? Was haar vader er maar.

Sprotje haalde haar zelfbeschilderde koektrommel onder haar bed vandaan en maakte hem open. In de trommel zat haar barnsteen, die helemaal geen barnsteen was en die ze tijdens hun schoolreis naar de Wadden op het strand gevonden had. En daar lag een pluk haar van Snegla, het paard dat Sprotje nooit van haar leven zou vergeten. Ze schoof haar notitieboek en de vulpen met onzichtbare inkt opzij en pakte de

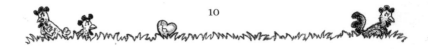

ketting die ze een eeuwigheid geleden van haar vader gekregen had. Langzaam, bijna plechtig liet ze de minuscule zilveren blaadjes door haar vingers gaan. Dat kettinkje was zeker een soort afscheidscadeau geweest. Sprotjes vader was er nooit voor haar geweest en zou er wel nooit zijn ook. Hij was er niet toen ze een baby was, niet toen ze een klein kind was, en nu, nu ze volwassen...

Sprotjes gedachten maakten een sprongetje. Was ze nu volwassen? Was dit volwassen worden? Dan wilde ze er eigenlijk niets mee te maken hebben. Ze legde het kettinkje terug en wilde ook het kompas in het blik stoppen, maar het lag zo glad en tegelijk zwaar in haar hand dat ze het niet los wilde laten. Welke kant op lag Australië? Sprotje draaide haar bovenlichaam een beetje opzij. De naald van het kompas trilde maar bleef dezelfde kant op wijzen. Sprotjes vader was nu foto's aan het maken voor een of ander reistijdschrift. Woestijnen of watervallen. Mensen aan het werk of nachtelijke steden. Ver weg in het zuidoosten. Het laatste bericht aan haar moeder was uit Sydney gekomen. Dat hij toch langer weg zou blijven dan gepland. Vóór hij die fotoreis naar New York zou maken. Zo ging het altijd.

Op het kompas stonden ook tussenrichtingen. zzo voor zuidzuidoost bijvoorbeeld. Of nnw – voor nooit, nooit weer?

'Dan raken we elkaar niet kwijt,' had Fred gezegd toen hij haar het kompas cadeau gaf. En als het kwijtraken nou eens precies op dat moment begonnen was? Er viel een traan op het notitieboek in de koektrommel en Sprotjes gedachten gingen een paar uur terug in de tijd.

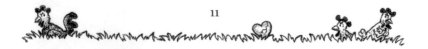

Sprotje stond naast de caravan te wachten en telde de kippen in de ren. Emma, Isolde, Huberta, Dollie, Clara, Pavlova de Tweede, ook wel Chagall genoemd... Ze waren er allemaal.

De caravan was het hoofdkwartier van de Wilde Kippen. Maar afgezien van de kippen in de ren was Sprotje hier vandaag de enige Wilde Kip. Geen Roos, geen Melanie, geen Kim en geen Lisa. Alleen Sprotjes fiets lag in het gras. En daarnaast die van Fred. Sprotje deed haar ogen dicht en rook het gras, de zomer en de bloemen. Boterbloemen, duizendblad en uitgebloeide paardenbloemen. En in Roos' moestuintje groeiden sla, ui en bieslook, en de rozemarijn die rook als een heel pijnbomenbos aan de Middellandse Zee.

'Sprotjeeeee!'

Sprotje blies de restjes van het rozemarijnblad dat ze tussen haar handen stuk had gewreven in het gras. Haar hart bonkte. 'Ja?'

'Je kan komen!' De deur van de caravan ging open en Fred nam haar bij de hand en trok haar de caravan in.

'Gefeliciteerd met ons jubileum.' Binnen hield Fred haar hand nog even vast.

Er stond een taart met twee kaarsjes op tafel en het rook naar Sprotjes favoriete thee, *Jungle Fever*.

'Een tiende van een kippenleven.'

Nu liet Fred haar hand los om de kaarsjes aan te steken. Hij lachte zijn heerlijke Fredlach. 'Huh? Een tiende van een kippenleven?'

'Volgens oma kunnen kippen wel twintig jaar oud worden. En wij zijn nu...'

'...precies twee jaar bij elkaar.' Fred haalde een pakje onder

de deken die op de matras lag vandaan en gaf het aan Sprotje. 'Maar eerst moet je de kaarsjes uitblazen.'

Sprotje blies de kaarsjes uit en wenste dat ze dit moment nooit meer zou vergeten. Daarna begon ze haar cadeautje uit te pakken, smulde van de taart, dronk thee en liet zich door Fred kussen – allemaal tegelijk.

'Ik kan me helemaal niet meer voorstellen hoe het is zonder jou,' zei ze zacht.

Terwijl Fred zijn vingers door haar haren liet gaan, haalde Sprotje het cadeautje uit het pakpapier. Het was een klein, ouderwets kompas.

'Dat heb ik van mijn opa,' zei Fred. 'De blauwe punt wijst naar het noorden en de rode...'

'Ik weet hoe een kompas werkt,' viel Sprotje hem in de rede.

Maar Fred liet zich niet van de wijs brengen. '...en de rode wijst naar mij.' Hij kwam vlak voor Sprotje staan. 'Dan raken we elkaar niet kwijt.'

Sprotje zag zichzelf in zijn ogen. Fred trok Sprotje op de matras en kuste haar. Opeens kroop zijn hand onder haar T-shirt. Sprotje barstte in lachen uit en begon Fred terug te kietelen. Maar Fred lachte niet. Hij raapte het gevallen kompas op, stopte het in Sprotjes broekzak en frunnikte aan haar riem.

'Hé.' Sprotje trok haar benen op.

Fred legde zijn hand op haar knieën. 'Wat is er?'

'Het stikt hier van de kruimels.' Sprotje veegde onzichtbare taartkruimels van de deken.

Fred pakte haar handen vast. 'Toen je daarnet de kaarsjes

13

uitblies, toen heb ik ook een wens gedaan.'

Sprotje zei niets. Haar hart bonkte – maar heel anders dan eerst.

'Een tiende van een kippenleven is toch lang genoeg om...' Fred maakte zijn zin niet af, maar Sprotje wist precies wat hij bedoelde.

'Nu? Meteen?'

Fred trok haar dichter naar zich toe. 'Kom op, het is er de perfecte dag voor!' fluisterde hij.

In Sprotjes binnenste werd een boog gespannen – maar toen schoot er geen pijl weg, maar Sprotje zelf.

Pas bij haar fiets haalde Fred haar in. 'Wat is er nou, Sprotje? Waarom niet?'

Afgelopen vrijdag, na de film, toen ze de bus gemist hadden en Fred en zij er twee uur over gedaan hadden om naar haar huis te lopen, had ze gehoopt dat hij nog mee naar haar kamer zou komen. Sprotjes moeder had nachtdienst op de taxi. Maar Fred had alleen haar fiets willen lenen, want dan was hij eerder thuis. Of pas, toen Fred en zij alleen in de boomhut van de Pygmeeën waren. Toen had Fred de zenuwen gekregen. Dat had Sprotje heel goed gemerkt en het was ook geen probleem geweest. Maar nu...

Nu hield Fred haar fiets vast. 'Je knijpt hem hè?'

Sprotje wilde van alles zeggen, maar ze bracht alleen gestotter uit: 'Ik... ik had alleen liever... nou ja, als ik dat geweten had...'

'Als je dat geweten had?' Freds Fredlach was verdwenen, alsof hij nooit bestaan had. 'Dan had je de *Fancy* er nog even op nageslagen, zeker.'

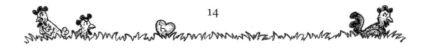

Sprotje kreeg een knoop in haar maag. 'Ik heb beloofd dat ik vroeg thuis zou zijn.' Ze stapte op haar fiets.

'Wij hebben iets te vieren en jij wilt naar je moeder? Geweldig!' Beledigd schopte Fred een graspol door de lucht. 'Misschien is het wel waar wat ze zeggen.'

Sprotje fietste al, maar draaide zich toch nog een keer om. 'Wat zeggen ze dan?'

'Dat je een jongenshaatster bent.'

Sprotje begon te fietsen alsof haar leven ervan afhing.

En nu zat ze op haar bed te kijken hoe een kompasnaald naar het noorden wees en te wachten tot de telefoon ging. Maar die ging niet.

Alleen haar moeder stak haar hoofd om de deur. Even was Sprotje bang voor duizend vragen, maar haar moeder kwam alleen zeggen dat ze weer aan het werk ging. Sprotje haalde de telefoon. Eerst wilde ze Freds nummer draaien, maar uiteindelijk belde ze oma Bergman om te vragen of zij tijdens de werkweek voor de kippen wilde zorgen. Oma Bergman nam weer eens niet op. Dus besloot Sprotje naar haar toe te fietsen.

Toen ze de kortere weg langs het bosje nam hoorde Sprotje stemmen bij het zwemmeertje. Dat waren de Pygmeeën. Zo lachte alleen Mat. En nu hoorde ze ook Willem.

'Jemig, Steve, waar gooi je helemaal heen?!'

Sprotje zette haar fiets tussen de bomen en sloop verder door de struiken. De Pygmeeën speelden waterpolo in het ondiepe water. Fred was er ook bij. Hij stak zijn handen in de lucht. 'Hier Mat, ik ben vrij!'

Mat gooide. 'Wie met de Opperkip gaat is nooit vrij!'

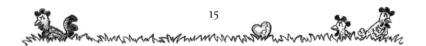

Onwillekeurig dook Sprotje dieper de struiken in.

Willem probeerde de bal van Fred af te pakken. 'Wat doe je hier eigenlijk? Vandaag is toch jullie zilveren bruiloft?'

Sprotje hoorde zichzelf ademhalen.

Fred gaf geen antwoord.

'Vergis ik me, Chef, of zijn jij en Steve de enige maagden in dit meertje?' Mat lag dubbel van het lachen. Tot Steve hem onder water duwde.

'Aangevoerd door Oppermaagd Steve.'

Maar Mat kwam alweer boven en proestte: 'Wisten jullie eigenlijk dat de vrouwen in Scandinavië veel makkelijker zijn?'

'Dan wie?' Willem liet de bal nu op zijn vinger ronddraaien.

'Nou, dan Sprotje bijvoorbeeld.' Mat spetterde water in Freds gezicht. 'Heb ik gelijk, Chef?'

Fred pakte de bal van Willem af en slingerde hem naar Mats hoofd. 'Het hoeft niet per se Sprotje te zijn.'

Sprotjes adem stokte in haar keel. Had Fred dat echt gezegd?

'Hoe bedoel je?' vroeg Willem.

'Vertel, we willen alle sappige details horen.' Mat likte zijn vingers af alsof hij net een lekker hapje ophad. Steves mond hing open.

Maar in plaats van antwoord te geven gooide Fred de bal op de kant. 'Wie als eerste bij het moeraseiland is!' Hij begon te zwemmen, en de andere Pygmeeën gingen achter hem aan.

Sprotje bleef nog een eeuwigheid staan. Ze probeerde zichzelf wijs te maken dat Fred dat zomaar gezegd had, om in-

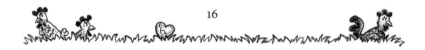

druk te maken op de anderen, en dat ze geen reden had om jaloers te zijn en dat ze zich er helemaal niets van aantrok. Maar om de een of andere reden geloofde ze het zelf niet. Ze wilde al teruglopen naar haar fiets toen haar blik op de kleren van de Pygmeeën viel.

Sprotje hoorde Bella al verrukt blaffen voor ze het pad naar het huisje van haar oma op reed. Wel gek – al had ze nog zoveel verdriet, als Bella blij was, was Sprotje ook blij. Door het hek heen krabbelde ze Bella tussen haar oren.

'Wat zie jij eruit!' mopperde oma Bergman zodra Sprotje het piepende tuinhek achter zich dichtgedaan had. Bella draaide intussen rondjes om haar benen. 'Heeft je moeder je niet geleerd je haar te borstelen?'

'Jawel hoor.' Sprotje voelde aan haar haar. Haar speld was eruit gevallen. Ook dat nog.

Oma Bergman schudde haar hoofd. 'Dat Sylvia je zo de straat op laat gaan!'

Zo ontving ze Sprotje meestal. Geen *Ach, wat leuk om je te zien, Sprotje.* Geen *Hoe gaat het met je? Alles goed met jou en je moeder?* Geen *Waar gaan jullie eigenlijk heen op werkweek?*

'Help me liever, voor je weer alleen maar met die hond aan het spelen bent!' Oma Bergman gaf Sprotje een harkje en wees naar het onkruid tussen haar slaplantjes. Oma Bergman vond Sprotjes hulp meer dan vanzelfsprekend.

'Het leven moet moeizaam en vreugdeloos zijn, anders

klopt er iets niet!' Zo vatte Sprotjes moeder de filosofie van haar eigen moeder altijd samen.

Sprotje begon het onkruid tussen de slaplantjes uit te plukken en deed haar norse oma voor hoe een aardige oma klonk. 'Hallo Sprotje,' zei ze met een overdreven lief omastemmetje. 'Wat leuk om je te zien, hoe gaat het met je? Alles goed met jou en je moeder? Waar gaan jullie eigenlijk heen op werkweek?'

Maar oma Bergman wees onbewogen op het groen in Sprotjes hand. 'Nou heb je een slaplantje uitgetrokken. Dat krijg ik van je terug.'

Sprotje stopte het plantje weer in de grond en drukte de aarde voorzichtig aan. 'Oma, kan jij misschien op onze kippen passen als wij op werkweek zijn?'

Oma Bergman wees met een knokige wijsvinger naar het onkruid dat Sprotje moest wieden. 'Eerst jatten jullie ze van me en nu moet ik ook nog voor ze zorgen?'

'Mama kan niet, want die gaat mee.'

Oma Bergmans ogen werden net spleetjes. 'Jij en die Kippenvriendinnen van je – zijn jullie nu opeens niet bang meer dat ik ze slacht en invries terwijl jullie weg zijn?'

Sprotje kwam overeind. Ze had nu al pijn in haar rug van het bukken. Even stonden oma en kleindochter elkaar zwijgend aan te kijken, alleen ruziënd met hun ogen. Toen gooide Sprotje het onkruid dat ze in haar handen had voor de voeten van oma Bergman. 'Ik moet jou altijd helpen, maar jij kunt niet eens een weekje onze kippen te eten geven!' Ze draaide zich om en liep met grote stappen naar het tuinhek. 'Fijn, hartstikke bedankt voor je hulp!'

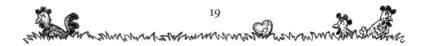

'Ik heb geen ruimte voor jullie kippen. Die van mij zijn er namelijk ook nog.' Oma's stem klonk al wat minder kil. Maar Sprotje liep gewoon door.

'Bovendien kun je kippen niet zo makkelijk verkassen.'

Nu draaide Sprotje zich toch om. 'Dat weet ik. Maar Huberta en Isolde en de rest hebben hier toch vroeger ook gewoond...'

Tot de Wilde Kippen ze samen met de Pygmeeën bij nacht en ontij hadden bevrijd en gered van een koud graf in de vorm van oma Bergmans vrieskist. Als Sprotje aan dat avontuur dacht voelde ze nog steeds twee verschillende dingen. Ze was trots op zichzelf en haar koppigheid, en tegelijk was daar het eerste drupje liefde voor Fred, de baas van de Pygmeeën. Dat drupje was een hele zee geworden. Opeens kreeg Sprotje tranen in haar ogen. Waarom had Fred daarnet zo over haar gepraat tegen de andere Pygmeeën? En waarom had ze in de caravan zo tuttig gedaan en zo zuur, terwijl Freds taart nog wel zo zoet was? Sprotje slikte haar tranen weg. Als Fred en ik het niet snel goedmaken verdrink ik in die zee, dacht ze. Maar ze zei: 'De kippen kunnen wel in de ren bij de caravan blijven. Dan hoef je er maar één keer per dag heen om ze eten te geven en een beetje met ze te praten.'

'En hoe kom ik daar, met mijn heupen?' Om haar woorden kracht bij te zetten bukte oma Bergman zich kreunend om een mand appels op te tillen. 'Valappels.'

'We zouden meneer Bolhuis kunnen vragen of hij je met de auto wil brengen.' Meneer Bolhuis was de buurman.

Oma Bergman viste een appel met een rotte plek uit de mand en gooide hem op de composthoop. Gooien ging haar

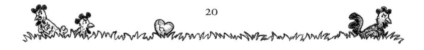

nog behoorlijk goed af, maar daar had ze haar heupen dan ook niet bij nodig. 'Die kun je niet lang bewaren.' Ze gaf de mand aan Sprotje. 'Je vriendje Fred kan toch voor je kippen zorgen? Jullie zijn toch zo verliefd?'

Sprotje zei niets. De mand werd opeens heel zwaar, alsof hij haar naar de grond probeerde te trekken.

'Dat zijn jullie toch – verliefd?'

'Ten eerste gaat Fred mee op werkweek, en ten tweede...'

Sprotje liet de mand los. Hij viel in het gras.

Oma Bergmans mond ging open alsof ze meteen weer wilde gaan mopperen. Maar dat deed ze niet. Eerst deed ze haar mond weer dicht, toen zocht ze met haar troebele ogen Sprotjes blik.

'Dacht ik het niet, met dat rothumeur van je. Je hebt liefdesverdriet, hè?'

Sprotje staarde naar de mand voor haar voeten.

'Ik praat tegen je!'

Sprotje bleef naar de mand staren. In haar hoofd vielen alle woorden en gedachten in een zwart gat.

'Je bent precies je moeder, die is al net zo onuitstaanbaar als ze liefdesverdriet heeft.'

Het zwarte gat in Sprotje knalde uit elkaar, en haar voet schoot tegen de mand. De appels rolden in het gras en de woorden buitelden zomaar uit haar mond: 'Jij weet niets van liefde, oma! Jij bent gewoon oud en koppig en verbitterd. Voor jou moet het leven moeizaam en vreugdeloos zijn, anders klopt er iets niet. Hoe kan zo iemand ooit verliefd geweest zijn?' Hoe meer spijt Sprotje kreeg van haar woorden, hoe kwader ze werd. 'Trouwens, er is op de hele wereld geen

man te vinden die van zo'n heks zou kunnen houden!'

Sprotje schopte een appel weg, zoals Fred nog niet zo heel lang geleden met die graspol had gedaan.

Oma Bergmans armen hingen slap langs haar lichaam, alsof ze een marionet was waarvan de draadjes waren doorgeknipt. Een marionet die nooit in de schijnwerpers danste.

Sprotje gooide het tuinhek achter zich in het slot, sprong op haar fiets en reed zonder nog een keer om te kijken naar de caravan.

Zodra Sprotje het hek naar het weiland openmaakte brak er een heidens kabaal los.

'Alarminstallatie werkt!' Roos kwam achter de wilgen vandaan en begon de aan elkaar gebonden blikjes weer op de toren van oude bloembakken te zetten.

Sprotje liep met haar fiets naar Roos toe. 'Vanwege die eierdieven?!' Ze paste goed op dat ze het touw tussen het hek en de blikjes niet nog een keer aanraakte.

Roos bekeek haar aandachtig. 'Wat is er met jou aan de hand?' vroeg ze.

'Niks.' Sprotje wist dat haar beste vriendin wist dat dit niet klopte. Ze schoof met haar voet door het gras en probeerde niet aan Fred te denken. 'En jullie denken dat eierdieven zich door een paar blikjes laten afschrikken?'

Voor Roos antwoord kon geven kwam Huberta klapwiekend en kakelend voorbijrennen. Gevolgd door Kim en Lisa.

'Melanie is vergeten de ren dicht te doen!' hijgde Kim met een rood hoofd.

'*Laat mijn woede niet ontsteken! Zij dit woord ons afscheidsteken!*' Lisa dook op de zigzaggende Huberta af. '*Ding of de-*

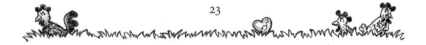

mon, grijp de storm weer op je nachtelijke spoor!' Ze miste Huberta op een haar, of liever gezegd op een veer na en belandde pal voor Sprotjes voeten. *'Laat geen veer hier van je spreken, want je ziel gaf taal noch teken...'*

Roos versperde de kip de weg en joeg haar terug. Bijna kreeg de over de grond kruipende Lisa haar te pakken. *'...laat mij eenzaam, neergestreken duivel daar op...'* hijgde ze, maar Huberta fladderde over haar heen en Lisa graaide alleen naar een zwevend veertje. 'Shit... *Pallas' oor.'*

'Lisa zit weer in haar theatrale fase,' zei Roos. Sprotje liet haar fiets vallen, bukte zich en hield Huberta al in haar armen.

'Edgar Allan Poe. *De raaf.'* Lisa liet zich uitgeput in het gras vallen.

Sprotje zette Huberta terug in de kippenren en wierp in het voorbijgaan een blik op Melanie, die naast de caravan in een ligstoel zat alsof het haar allemaal niet aanging en met een vies gezicht naar haar half opgegeten boterham met jam keek.

Roos blies haar wangen bol. *'The Silence of the Lambs.'*

'Lach nou eens, Mel!' Lisa klopte het stof van haar kleren. 'Dat was toch je reinste slapstick!'

Melanie glimlachte mat en trok zich terug in de caravan.

'Ze praat niet meer met ons,' zei Roos toen ze Sprotjes vragende blik zag.

'Misschien vanwege haar vader,' opperde Lisa.

Kim nam een hap van een appel en bood hem de anderen aan. 'Volgens mij is hij alweer zijn baan kwijt.'

'Misschien komt het ook wel door Willem. Het is de laatste

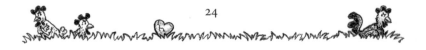

tijd flink crisis bij die twee.' Nog terwijl ze het zei kreeg Sprotje een brok in haar keel.

'Dat met Willem is haar zaak.' Roos' ogen werden heel donker, kwaad bijna. 'Dat gaat ons niets aan.'

Zo ging het de laatste tijd vaak bij de Wilde Kippen. Op de een of andere manier was het niet meer zoals vroeger. Ze waren gewoon geen echte meidenclub meer. Eigenlijk was het al anders sinds de opvoering van het schooltoneelstuk. Kim wachtte allang niet meer op brieven van Steves Spaanse neef. Wel ging ze naar elke repetitie van de Pygmeeënband. Ze schreef songteksten en tekende coverontwerpen voor een demo-cd. En Lisa wilde actrice worden. Wat haar moeder natuurlijk niet mocht weten. Lisa's moeder had er al genoeg moeite mee dat haar dochter lesbisch was. Als ze wist dat Lisa zelfs voor een piepklein tv-rolletje haar school zou laten lopen, zou ze vast en zeker uit haar vel springen.

Het oude Kippenvuur was gedoofd. Ze namen de Pygmeeën niet meer in de maling. Ze deelden niet meer al hun geheimen. Vroeger konden ze over alles met elkaar praten. Maar nu leefden ze allemaal hun eigen leven. En als de Wilde Kippen bij de Pygmeeën in de boomhut zaten, wat steeds minder vaak voorkwam, dan zat Melanie met Willem te flikflooien. En Sprotje met Fred. Sprotje zuchtte.

'Wat?' vroeg Roos.

Maar Sprotje zei niets. Ze dacht aan die keer dat ze bij Melanie in het warenhuis was om crème voor haar moeder te kopen. Melanie had sinds een tijdje een baantje op de cosmetica-afdeling. Het was vlak voor sluitingstijd. Sprotje moest wachten omdat Melanie met een klant bezig was. Op dat mo-

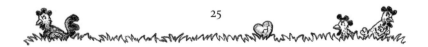

ment kwam Willem de roltrap op, met in elke hand een zak patat. Met de ene zwaaide hij naar Melanie.

'Is dat je vriend?' vroeg de klant.

Melanie keek vluchtig naar Willem. 'Dat? Nee.'

Ondanks Willems sullige grijns kon Sprotje zien dat het hem raakte. Toen de klant weg was siste Melanie hem toe: 'Ik heb al duizend keer tegen je gezegd dat je hier niet moet rondhangen. Mijn baas vindt het vervelend.'

'Jij ook, zo te horen.' Willem gooide de zak patat naar haar toe. De mayonaise droop van de glazen toonbank.

Kim haalde Sprotje uit haar gedachten. 'Praat jij nou eens met haar. Misschien heeft ze geen geld voor de werkweek en durft ze het niet te zeggen.'

Sprotje pakte de boterham met jam en ging de caravan in.

Melanie zat met een balpen bloemetjes op de plastic neus van haar gymschoen te tekenen.

'Je hebt je boterham laten liggen.'

Melanie keek niet eens op.

'Ik praat tegen je... Mel!'

Melanie trok haar schoen aan. Sprotje verloor haar geduld. 'Verdorie, wat is er met je? Waarom praat je niet meer met ons? Anders kwek je toch de hele dag door? Zeg dan iets, maakt niet uit wat, al gaat het over haarverf of lipgloss...'

'Sprotje! Melanie!' Dat was Roos.

En meteen daarna gaf Kim een schreeuw. 'Dit moeten jullie zien!'

Sprotje sprong de caravan uit en grijnsde vol leedvermaak. Voor haar stonden vier blote... nou ja, halfblote Pygmeeën te rillen.

'Wat is er met jullie gebeurd?' vroeg Lisa, en Kim maakte met haar digitale camera een foto.

Fred keek Sprotje strak aan. 'Waar zijn onze kleren?'

'Hoe moet ik dat nou weten?' Sprotje probeerde het zo onschuldig mogelijk te zeggen.

Maar Fred hield haar haarspeld voor haar neus. 'Zoiets noem je technisch bewijs.'

Sprotje voelde hoe koud zijn vingers waren toen hij de haarspeld in haar handen drukte. Het was alsof de tijd stilstond. Terwijl Sprotje de tijd nu het liefst terug zou draaien. Niet zo heel ver terug, maar ver genoeg om...

Mat wurmde zich tussen Willem en Steve door naar voren. Hij had een geruite boxershort aan die hem een maatje te groot was. 'Schiet op, Opperkip, ik moet naar huis.'

'En ik sterf van de kou,' zei Steve.

'Ik kan je wel een trui lenen.' Kim liet haar camera zakken.

Steve schudde zwijgend zijn hoofd.

'Waar is Melanie?' vroeg Willem. Op dat moment kwam Melanie net de caravan uit. 'Mel,' riep Willem. 'Het is helemaal niet grappig. Geef onze kleren terug.'

Melanie liep zonder iets te zeggen naar haar fiets en reed weg.

'Coole actie,' fluisterde Lisa, die naast Sprotje stond.

Maar Sprotje voelde zich alleen maar vreselijk. Ze kon Fred niet in de ogen kijken en staarde naar zijn sleutelbeen. 'Oké.'

Een paar minuten later zetten ze hun fietsen aan de kant van de weg neer en liepen de Wilde Kippen en de Pygmeeën in ganzenpas het bosje rond het zwemmeertje in. Sprotje voor-

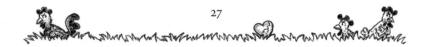

op, gevolgd door Lisa, Roos en Kim. De schaars geklede jongens vormden de achterhoede. Naast de holle boomstam waar ze de kleren van de Pygmeeën in gestopt had bleef Sprotje staan. Fred, Willem, Steve en Mat graaiden naar hun kleren.

'Waar wachten jullie op?' grinnikte Roos.

'Hé, de show is voorbij, stelletje gluurders!' Mat sloeg met zijn spijkerbroek in de lucht, alsof hij de Wilde Kippen probeerde weg te jagen.

'Ach,' deed Sprotje bijdehand. 'En ik dacht nog wel dat we nu een spannende Pygmeeënstriptease kregen.' Het was grappig bedoeld, maar gek genoeg lachte er niemand.

'Kom mee.' Sprotje en de andere Kippen slenterden weg.

Toen ze het bosje weer uit waren, fietsten Lisa en Kim terug naar de caravan. Roos ging met Sprotje de andere kant op. Ze liepen met de fiets aan de hand tot aan de oude beuk. Daar zette Roos haar fiets neer. 'Oké, nu even eerlijk, wat is er gebeurd? Er is iets niet goed met jou en Fred.'

Roos en haar zesde zintuig.

'Het heeft niets met Fred te maken.' Sprotje liet haar ogen langs de bast van de beuk gaan en vond wat ze zocht. Daar was het – het hart dat Fred een eeuw geleden met zijn zakmes in de boom gekrast had. Een hart met daarin de letters F en S. Eigenlijk heet ik Charlotte, had Sprotje gezegd. En Fred had haar gekust.

'Waarmee dan wel?' Roos ging op de rugleuning van het bankje naast de beuk zitten. 'Waarom doe je zo... zo raar?'

Even was alleen het zoemen van de wespen rond de afvalbak te horen, toen ging Roos verder: 'Het is vandaag toch jullie jubileum?'

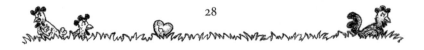

'Mijn oma wil niet voor de kippen zorgen en mijn moeder gaat mee op werkweek.' Sprotje trok een lelijk gezicht. 'Zij is de buschauffeur.'

'Liever jouw moeder dan die van Lisa.' Roos lachte. 'En wat de kippen betreft, waarom vraag je Fred niet of hij het aan zijn opa wil vragen?'

'Dat kunnen we dan net zo goed zelf doen.' Sprotje keek op haar horloge. 'Het best nu meteen.'

Freds opa was niet thuis. Maar Sprotje wist dat hij af en toe in het tuincentrum werkte, om zijn pensioen aan te vullen.

Ze waren al twee keer het hele tuincentrum door gelopen, maar Freds opa was nergens te bekennen.

'Ik moet naar huis.' Roos keek op haar horloge. 'Ik moet weer eens op Luca passen.'

Luca was Roos' broertje. Het was een superlief boefje, maar zo vaak als Roos moest oppassen en zo weinig als haar grote broer Titus het deed – dat was gewoon niet eerlijk meer. Sprotje had nooit begrepen waarom Roos dat pikte. Roos was tegen alle oneerlijkheid op de wereld. Een echte Robin Hood. Elke vrije minuut werkte ze voor een vereniging die zich inzette voor de rechten van arme kinderen, en als ze dan nog tijd overhad deed ze ook nog vrijwilligerswerk in het dierenasiel. Alleen voor de oneerlijkheid in haar eigen leven leek Roos blind te zijn.

Roos wilde net weggaan toen Sprotje Freds opa in het oog kreeg. Hij stond voor het magazijn zakken potgrond op een pallet te laden. Toen hij Roos en Sprotje zag aankomen trok hij zijn rug hol.

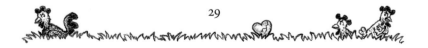

'Ha, Roos en Sprotje.' Hij knipperde met zijn ogen. 'Dan is Fred vast niet ver weg.'

Sprotje deed alsof ze het niet hoorde. Roos en zij hielpen Freds opa met de zakken en vertelden waarvoor ze kwamen.

'Dan doen we ook weer een klusje voor u,' zei Roos. 'In uw volkstuintje.'

Het gezicht van Freds opa was bedekt met een web van diepe lijnen. Het was net een landkaart, met een steil neusgebergte en twee ijsblauwe oogmeren. Sprotje probeerde zich haar eigen gezicht over vijftig jaar voor te stellen. Fred en zij in het oud. In haar fantasie had Fred dezelfde grijze stoppelbaard als zijn opa en donkere, wijze ogen onder borstelige wenkbrauwen. En zij leek op oma Bergman. Sprotje wiste het beeld uit.

Freds opa keek Sprotje onderzoekend aan. 'En waarom komt Fred dat niet vragen?'

'Omdat... dat wilde ik zelf doen, omdat... het zijn mijn, ik bedoel onze kippen, ik bedoel de kippen van de Wilde Kippen en niet van de Pygmeeën.' Sprotje probeerde zo normaal mogelijk te klinken, maar waarschijnlijk klonk ze alleen maar warrig. Freds opa kneep zijn wijze ogen bijna dicht. 'Jullie hebben mot. Jij en Fred. Heb ik gelijk?'

Sprotje schudde haar hoofd.

Freds opa drong niet aan. 'Natuurlijk zorg ik voor jullie kippen.'

Hij bukte zich voor de volgende zak, maar liet hem meteen weer uit zijn handen glijden. Sissend zoog hij de lucht tussen zijn tanden, en hij ging met een hand naar zijn ribben.

'Gaat het?'

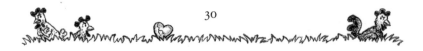

'Ja hoor.'

Roos en Sprotje geloofden er niets van.

Hij ademde een paar keer in en uit. Langzaam en geconcentreerd, alsof het een hele toer was. 'Wat is het benauwd vandaag.' Om de aandacht van zichzelf af te leiden wees hij naar de lucht, waar de stapelwolken zich aaneenregen.

Roos en Sprotje sjorden de zak op de pallet.

'Jullie vragen je zeker af waarom ik dat doe, me hier afbeulen?' Freds opa veegde het zweet van zijn voorhoofd. 'Ten eerste om mijn pensioen op te krikken en ten tweede spaar ik voor een reis. Ik wil met Fred naar Amerika.' Zijn blik dwaalde naar de ontelbare auto's op de parkeerplaats. 'Naar het wilde Westen. Daar zaagde ik Fred al over door toen hij nog op de kleuterschool zat. Ik wil het geld bij elkaar hebben vóór hij zeventien wordt.' Kreunend bukte hij zich voor de volgende zak, maar hij kreeg hem niet omhoog.

Een man in een vorkheftruck zette een lege pallet voor hem neer, tilde de volle op en reed ermee naar de achterkant van het tuincentrum.

Met z'n drieën tilden ze de zak op de nieuwe pallet.

'Wisten jullie dat kippen helemaal niet bang zijn voor onweer? Ze vertrekken geen spier, al bliksemt het nog zo.' Freds opa grinnikte. 'Vast omdat ze zo laag bij de grond zijn dat ze toch nooit getroffen worden.'

'Vast.' Sprotje lachte, maar haar aandacht was afgeleid. Roos keek over haar schouder naar iets in de verte. Sprotje draaide zich om en zag op straat een vrouw in een auto stappen.

'Dat is toch jullie auto?' vroeg Sprotje. 'Is dat niet je vader,

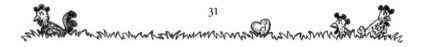

Roos?' Het zijraampje spiegelde en Sprotje kon het niet goed zien.

Roos gaf geen antwoord.

'Hallo, aarde aan Roos.' Sprotje wapperde met haar hand voor Roos' neus. Maar Roos liep naar haar fiets alsof ze op afstand bestuurd werd.

'Wat heeft zij nou?' vroeg Freds opa.

Sprotje haalde haar schouders op. 'Ze moet weg, op Luca passen, haar broertje.'

Freds opa stond nog steeds een beetje te hijgen.

'Gaat het echt wel met u?' Sprotje keek van Roos naar Freds opa en weer terug.

'Weet je wat vissen doen als het onweert?' Hij streek over zijn stoppelbaard. 'Vissen zijn heel gevoelig voor elektrische velden. Vlak voordat de bliksem in het water slaat, bouwt zich aan de oppervlakte een elektrisch veld op. Dat voelen de vissen en dan duiken ze de diepte in. Bij een blikseminslag wachten ze gewoon op de bodem tot de schokgolf voorbij is.' Freds opa knikte. 'Ja, zo doen vissen dat.' Hij dacht even na. 'Sprotten, Sprotje...' hij lachte luid, '...sprotten zijn haringachtigen, en Fred,' voegde hij er opeens weer ernstig aan toe, 'Fred is hartstikke gek op je.'

Sprotje nam vlug afscheid van Freds opa en haalde Roos bij het eerste kruispunt in.

'Roos, wat is er?'

'Niks. Ik heb gewoon haast. Vanwege Luca.'

Toen ze allebei een andere kant op moesten, remde Sprotje af. 'Nou, tot morgen dan...'

Roos fietste zonder iets te zeggen rechtdoor.

Niets was meer zoals vroeger. Zelfs haar vriendschap met Roos niet. Sprotje voelde aan de kippenveer die ze aan een leren veter om haar hals droeg. Kon je niet gewoon volwassen worden en toch een Wilde Kip blijven?

Sprotje sloeg af en fietste naar huis.

Sprotje deed de voordeur achter zich dicht, trok haar schoenen uit en bleef verrast staan. De televisie in de woonkamer stond aan, haar moeder was vandaag dus vroeger thuis van haar werk dan anders. En aan de slijmerige muziek te horen zat ze naar een of andere kwijlfilm te kijken, wat nog veel vreemder was. Haar moeder was namelijk dol op actiefilms, met als het even kon bliksemsnelle achtervolgingsscènes. Sprotje zette haar schoenen in een hoek en luisterde. Wat ze daar hoorde waren geen piepende autobanden of ratelende machinegeweren – dat waren violen. Sprotje deed de deur van de woonkamer open. In het blauw flikkerende licht van de televisie zat haar moeder op het vloerkleed voor de bank een pot jam leeg te eten.

'Sinds wanneer hou jij van jam?' Sprotje maakte een propje van een verdwaalde chocoladewikkel en liet zich naast haar moeder zakken.

'Er is geen pure chocola meer.' Haar moeder haalde de lepel niet eens uit haar mond. Op televisie beloofden een man en een vrouw elkaar om het hardst liefde en trouw.

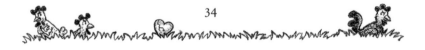

'Wat een geslijm!' Sprotje gooide het propje naar de televisie.

'Je reinste rotzooi.' Haar moeder zette het geluid uit en hield Sprotje de jampot voor.

'Abrikoos' stond er in het sierlijke handschrift van haar oma op het etiket. Sprotje wees naar de stomme liefdesfilm. 'Zo is het leven helemaal niet.'

Haar moeder sloeg haar voeten over elkaar. 'En hoe is het leven dan wel?'

Een tijdje keken ze zwijgend naar het zoenende stel op het scherm.

'Dat met de werkweek,' mompelde Sprotje. 'Dat ik meteen zo kwaad werd... Ik schrok er gewoon van dat je meeging.'

'En nu?'

'Nu ben ik al een beetje aan het idee gewend.'

Haar moeder blies een pluk haar uit haar gezicht. 'Gelukkig maar, want we kunnen het geld goed gebruiken. Het kan nooit kwaad om wat achter de hand te hebben.'

Buiten bliksemde het. Sprotje telde. Bij twaalf rommelde de donder. 'Het is nog vier kilometer ver weg. Seconden tussen bliksem en donder gedeeld door drie, zegt Fred.'

Haar moeder zette de televisie uit.

Sprotje zag haar moeder en zichzelf weerspiegeld op het donkere beeldscherm.

'Wat is er met je?'

Een tweede bliksemflits verlichtte de woonkamer. Als ze een vis was zou Sprotje nu gewoon naar de bodem duiken. 'Niks,' zei ze, en het klonk precies als dat 'niks' daarstraks van Roos.

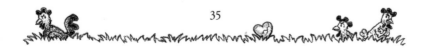

Haar moeder ging met een vinger over Sprotjes voorhoofd.

'Er zit hier een rimpel. Als kind keek je zo als je bij oma moest blijven slapen. Of als ik je die gruwelschoenen probeerde aan te trekken.'

Die gruwelschoenen, dat waren roze lakschoentjes met belachelijke strikjes erop, waar Sprotje een nog grotere hekel aan had dan aan voor de klas een liedje zingen.

Het liefst was Sprotje nu gewoon tegen haar moeder aan gekropen, om zich net zolang te laten knuffelen tot alles weer goed was.

Sprotjes moeder stak de lepel in de jampot. 'Komt het door Fred?'

Sprotje ging op het zachte vloerkleed liggen en keek naar het plafond. Tussen de lamp en de gordijnroe liep een barstje. Op één plek bladderde de verf af. 'Weet je, dat je meegaat op werkweek... dat is wel best, maar eerlijk gezegd had ik nooit gedacht dat je weg zou gaan. Uitgerekend nu!'

'Hoezo, uitgerekend nu?' Haar moeder keek haar verbaasd aan.

Sprotje trok onzichtbare pluisjes uit het vloerkleed. 'Zou mijn vader niet langskomen voor hij naar Amerika vloog? En je bent nog jarig ook!'

Over het gezicht van Sprotjes moeder trok een verdrietige schaduw. Vlug nam ze nog een lepel jam. 'Abrikozen. Als kind noemde je die altijd zoenappels.'

'En de betweter...' Sprotje wist dat haar moeder het niet leuk vond als ze zo over haar ex-vriend sprak en verbeterde zichzelf snel: 'Ik bedoel je bijna-bruidegom Ruben. Heeft die nog wel eens iets van zich laten horen?'

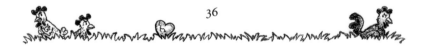

'Van je vader zal ik maar niet al te veel verwachten. Onderweg wordt hij vast wel weer door iemand gebeld. En dan
moet hij nog een tussenstop maken. Op Borneo of Sumatra
of weet ik waar. Voor een of andere fotoserie voor een of ander tijdschrift. Zo is het altijd geweest en ik denk niet dat het
ooit zal veranderen. Hij is inmiddels een bekend fotograaf.
Toen wilde hij dat nog worden.'

Van ver weg rolde de donder de stilte binnen.

'Wil je eigenlijk wel dat hij terugkomt?' vroeg Sprotje zacht.

Haar moeder likte nadenkend de lepel af. 'Grappig eigenlijk. Je oma is zo verbitterd en toch maakt ze zulke heerlijke
zoete jam.'

Sprotje raapte het propje van de grond op, gooide het in de
prullenmand en ging naar bed.

De volgende dag liepen Sprotje en Roos over het schoolplein,
door de aula en de trap op naar de kluisjes.

Voor het biologielokaal stond meneer Groenewoud met
mevrouw Rooze te flirten. Mevrouw Rooze had een doos
met triangels, castagnetten en sambaballen onder haar arm.
Sprotje en Roos konden niet verstaan wat ze zeiden, maar op
de rug van meneer Groenewoud zat een briefje.

Roos wees naar de andere kant van de gang. Willems nieuwe sportschoenen staken achter de biologiekast vandaan.

'Waarom is Willem altijd op problemen uit?' fluisterde
Roos. 'Alsof hij thuis met z'n vader niet genoeg rottigheid
heeft.'

Groenewoud weet toch niet van wie dat briefje is, wilde
Sprotje terugzeggen, maar net op dat moment trippelde Me-

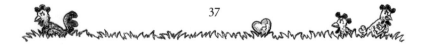

lanie langs op haar glanzende hoge hakken.

'Mel, wacht even!' Sprotje en Roos renden achter haar aan. Terwijl ze in het voorbijgaan de leraren gedag zei, haalde Melanie de post-it van meneer Groenewouds schouder en plakte hem op het voorhoofd van de verblufte Willem.

'Waarom doet ze dat?' fluisterde Roos, die Melanie met gloeiende ogen nakeek.

Nu kwam ook Mat nog achter de kast vandaan. 'Het was Willem niet. Ik was het.' Hij trok het briefje van Willems voorhoofd en grijnsde langs meneer Groenewoud en mevrouw Rooze naar Roos.

Vroeger was Mat smoorverliefd op Roos. En misschien was hij het nog steeds wel en bekende hij niet om Willem in bescherming te nemen, maar om indruk op Roos te maken.

Sprotje las wat er op het briefje stond: *spoelworm*. Daar hadden ze het vorige week bij bio over gehad.

Meneer Groenewoud griste het briefje uit Mats hand. 'De spoelworm, *Ascaris lumbricoides*, wordt voor het eerst vermeld in een oude papyrus van rond 1540 voor Christus.' Hij verfrommelde het briefje. 'Daarmee is hij een van de oudst bekende parasitaire rondwormen.'

'En jij bent een schat.' Mevrouw Rooze rammelde met een sambabal. 'Maar niet consequent genoeg. Discipline is de basis van de pedagogiek.' Ze gaf meneer Groenewoud een kus op zijn wang en liep de gang uit.

Meneer Groenewoud haalde diep adem, maar in plaats van een donderpreek ontsnapte hem alleen een diepe zucht. Bijna hulpeloos haalde hij zijn schouders op en liep achter mevrouw Rooze aan richting muzieklokaal.

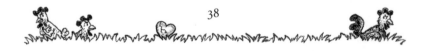

Sprotje en Roos renden achter Willem en Mat aan de trap op. Voor hun klaslokaal stonden Fred en Steve. Het liefst had Sprotje rechtsomkeert gemaakt.

Steve stak een hand op. 'Morgen, Opperkip.'

Fred keek dwars door Sprotje heen.

'Morgen, Steve,' antwoordde Sprotje.

Tussen Fred en haar heerste totale radiostilte. Ze deed of hij lucht was en hij deed hetzelfde met haar.

Poepbrein dat je bent, dacht Sprotje toen Fred zonder iets te zeggen het lokaal in liep. Maar ze wist niet zeker of ze daarmee Fred bedoelde of zichzelf.

In de grote pauze riep Roos Melanie ter verantwoording. 'Waarom deed je dat, waarom verlinkte je Willem met dat briefje?'

Melanie rolde met haar ogen en liep zonder iets te zeggen weg. Kim, die Melanie altijd het best begreep, misschien omdat ze zo verschillend waren, probeerde Melanies gedrag uit te leggen. 'Ik denk dat ze het kinderachtig vond van Willem. Ik bedoel, ze zijn al een eeuwigheid bij elkaar, ze sparen voor een huisje en willen gaan samenwonen. En hij... hij is gewoon zo'n uilskuiken.'

Roos knikte halfslachtig. 'Ja, maar toch.'

'En waarom neem jij het eigenlijk altijd voor Willem op?' vroeg Kim, en het was niet helemaal duidelijk of ze dat als Kim vroeg, of als advocaat van Melanie.

Sprotje hoorde niet meer wat Roos antwoordde, want ze schoot achter de boom naast het muurtje waarop de Wilde Kippen in de pauze altijd zaten. Het poepbrein stak het

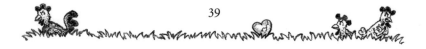

schoolplein over. Sprotjes hart bonkte en ze hoorde zichzelf in gedachten zijn naam roepen. Fred. Fred, neem me bij de hand en ren met me weg... Ze kroop nog dieper weg in de schaduw van de boom. Ik ben geen jongenshaatster, ik hou toch van je.

Als een basketballer mikte Fred zijn broodzakje in de prullenbak.

Ga naar hem toe en zeg het tegen hem, neem hem bij de hand en ren met hem weg. Maar Sprotje luisterde niet naar haar stemmetje. Duidelijke zaak: ze was zelf het poepbrein.

Dat woord had ze van Roos' broertje. Toen Sprotje haar vriendin die ochtend kwam ophalen voor school, stond Luca met zijn kleurige rugzakje op zijn rug en een vergiet op zijn hoofd in de deuropening. Sinds een jaar zat hij op de montessorischool.

'Mama komt zo.' Roos maakte zijn veters steviger vast. 'Ze moet haar tasje nog even zoeken.'

'Waarom heb je een vergiet op je hoofd?' vroeg Sprotje.

'Hij is een ridder,' antwoordde Roos voor haar broertje.

'En jij bent een poepbrein.' Luca stak zijn tong naar Sprotje uit. 'Je ziet geeneens het verschil tussen een vergiet en een helm.'

Misschien begon het zo, volwassen worden, dacht Sprotje terwijl ze weer bij de andere Wilde Kippen op het muurtje ging zitten. Misschien begint het ermee dat je in een vergiet alleen nog maar een vergiet kunt zien en geen helm meer. Dat je geen Wilde Kip meer bent, maar alleen nog doet alsof. Dat je niet meer zegt wat je denkt en niet meer weet wat je voelt. Misschien was dat het echte leven waar ze altijd mee

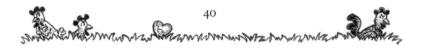

dreigden. Dat haar moeder jam met een lepel at en niet zei waarom, dat er met Melanie geen verstandig woord meer te wisselen viel. En dat Fred en zij helemaal niet meer met elkaar konden praten. Sprotje probeerde al die gedachten van zich af te zetten. Het leven was altijd echt. Het maakte niet uit of je zo klein was als Luca of zo oud als oma Bergman. Het komt gewoon doordat Fred en ik allebei volwassen worden, dacht Sprotje, en doordat we allebei een poepbrein zijn. Dat laatste moest ze ongemerkt hardop gezegd hebben.

'Wie is er een poepbrein?' vroeg Kim. Ze liet Lisa's appel op haar hoofd balanceren.

Om geen antwoord te hoeven geven vroeg Sprotje: 'Wat doe jij nou weer?'

Lisa stak met een dramatisch gebaar haar armen in de lucht. *'De genadige God verhoede het – dat kunt ge van een vader in ernst niet begeren.'*

Kim barstte bijna van het lachen. De appel schudde. Roos bladerde in Lisa's tekstboekje en las: *'Gij zult den appel van het hoofd uws knaaps schieten – ik begeer en wil het.'*

Lisa kende haar rol uit haar hoofd. *'Met mijnen boog op het lieve hoofd van mijn eigen kind mikken? Liever sterf ik.'*

Op dat moment kwamen Noor en Nicole langs, de grootste trutten van de klas. Noor botste opzettelijk tegen Lisa aan. 'Speelt onze lesbo weer eens een mannenrol?'

Tegelijk stootte Nicole de appel van Kims hoofd.

Sprotje wilde achter het tweetal aan om zich op hen te storten, maar Lisa hield haar tegen. 'Laat maar. Ze zijn het niet waard dat je je kwaad maakt.'

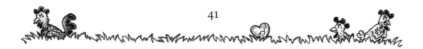

'*Ei, Tell, wat zijt gij plotselijk veranderd,*' las Roos uit het boekje.

Kim raapte de appel op. 'Dat stuk zou niet *Willem Tell* moeten heten, maar *Lisa Tell.*'

De bel ging, en op weg naar hun lokaal hield Lisa Sprotje tegen. 'Het moeilijkste was om het tegen mijn moeder te zeggen. Wat Noor en Nicole van me denken boeit me niet.'

Sprotje moest aan vorige week woensdag denken, toen ze bij Lisa thuis was. 'En? Heb je je moeder al verteld dat je actrice wilt worden?'

Lisa schudde haar hoofd. 'Ze weet ook nog niet dat ik me bij die castingbureaus heb opgegeven.'

'En als het een keertje lukt en je een rol krijgt? Je bent nog niet meerderjarig, dan moet zij natuurlijk toestemming geven.'

Lisa's ogen werden groot van angst. Straks begint ze nog te huilen, dacht Sprotje, en ze begon haar te troosten. 'Ach, zo erg is je moeder nou ook weer niet...' Tot ze begreep dat Lisa maar een toneelstukje speelde.

'Geintje.' Lachend holde Lisa vooruit naar het lokaal.

Ook vorige week woensdag had Lisa haar talent bewezen, toen Lisa's moeder dacht dat ze samen op hun wiskunde zaten te zwoegen. In werkelijkheid had Sprotje Lisa overhoord voor haar auditie bij een castingbureau.

'Nee, ik ben niet gek...' Lisa had zich zwaar ademend tegen de muur van haar kamer gedrukt. Dat was geen Willem Tell, maar een tekst uit een of ander griezelfilmscript. Lisa had het heel overtuigend gespeeld. 'Je ziet eruit als mijn moeder, maar je hebt alleen haar lichaam aangenomen, mij hou

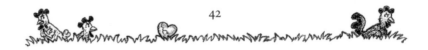

je niet voor de gek, want...' Opeens had Lisa haar zin afgebroken. Zo stond het niet in het script, maar Lisa's moeder stond wel opeens in de kamer. Sprotje schopte het script onder Lisa's bed en Lisa greep het wiskundeboek. 'De a-log van b tot de macht c is c maal de a-log van b.' Ze keek op alsof ze nu pas merkte dat haar moeder er was. 'Mam? Wat is er?'

Lisa's moeder legde twee mappen op Lisa's bureau, terwijl Lisa weer doorging met wiskunde opdreunen. 'Waarbij voor b en c geldt: b is positief en c een willekeurig reëel getal.'

Het leek alsof Lisa's moeder Sprotje niet eens zag. Ze wees naar de mappen. 'Lisa, ik heb nog twee bijlesleraren uitgezocht.'

'Maar ik kan het best alleen,' protesteerde Lisa.

Lisa's moeder klopte met haar knokkels op een van de mappen. 'Ik zou deze nemen, die is gepromoveerd.' Met een glimlach liep ze de kamer uit.

Lisa en Sprotje moesten hun gezicht in een kussen drukken tegen het lachen.

Na de pauze hadden ze wiskunde en Lisa kon als enige het hele logaritmeverhaal opzeggen. Maar het klonk helemaal niet als wiskunde, het was meer poëzie.

Biologie van meneer Groenewoud was goedbedoeld, maar net zo saai als altijd. In het laatste uur bij mevrouw Rooze hadden ze geen Engels, maar bespraken ze de aanstaande werkweek en vormden ze de groepjes die samen op een kamer zouden gaan.

'Jullie moeten natuurlijk een kamer voor vijf hebben,' zei mevrouw Rooze toen de Wilde Kippen aan de beurt waren.

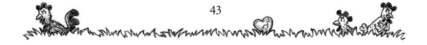

'O ja, om teleurstellingen te voorkomen: er zijn in de jeugd-herberg geen douches op de kamers, alleen wasruimtes op de verdiepingen.'

Noors vinger schoot de lucht in. 'Dan wil ik in elk geval op een andere verdieping dan Lisa.'

Mevrouw Rooze keek een beetje geërgerd op van haar papieren. 'Hoezo?'

'Ik ga mooi niet in dezelfde douche als zij.' Noor keek vol verachting naar Lisa. Nicole giechelde.

Op de achterste rij sloegen een paar jongens zich op hun bovenbenen van het lachen.

Sprotje keek naar Lisa, maar die vertrok geen spier. Ook niet toen Noor vervolgde: 'Ik bedoel, Lisa is zo lesbisch, dan kunnen we net zo goed meteen met de jongens samen dou-chen.'

Het gelach verstomde op slag. Het was alsof de hele klas zijn adem inhield. Zelfs mevrouw Rooze was sprakeloos. Alleen Roos niet. De dappere Roos stond op en sloeg haar armen over elkaar, net als Noor zojuist had gedaan. 'Als dat zo is, ben ik ook lesbisch.'

Sprotjes hart bonsde van opwinding toen ze naast Roos ging staan. 'En ik ben ook lesbisch.'

Noor en Nicole keken om zich heen.

'Ik ook,' zei Kim. Zij en Melanie kwamen ook bij Lisa staan.

En nu voegde zelfs hun lerares zich bij hen. Helaas kwam meneer Groenewoud binnen op het moment dat mevrouw Rooze luid en duidelijk verkondigde: 'Ik ben ook lesbisch!' Daarna pas zag ze meneer Groenewoud. '...Jan? Ik bedoel,

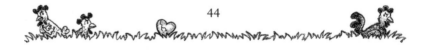

meneer Groenewoud... Zijn dat de opdrachten voor de werk-week?'

Meneer Groenewoud drukte haar de stapel opdrachten in handen en ging er met een rood hoofd vandoor.

'Jan...' riep mevrouw Rooze hem nog vertwijfeld na. 'Ik be-doelde het alleen maar pedagogisch.' En toen kreeg de hele klas de slappe lach. Maar het was niet het gemene lachen van daarnet, maar gewoon alleen maar leuk. Zo leuk dat ook me-vrouw Rooze meedeed.

Sprotje draaide zich om naar Fred. Ook hij lachte, maar hij keek haar niet aan.

NIET SPREKEN MET DE BESTUURDER, las Sprotje op het geelkoperen bordje boven de stoel van de buschauffeur. In Sprotjes geval was haar moeder de chauffeur, die het bejaarde gevaarte met piepende banden de bocht om stuurde. Ze zaten met z'n tweeën in de bus en waren op weg naar school. Sprotje sprak niet met de bestuurder. Maar de bestuurder wel met haar. Als een waterval.

'Toen ik voor het eerst op werkweek ging was ik ongeveer zo oud als jij nu. Ik had me stiekem opgemaakt, je snapt wel dat oma dat nooit goed zou hebben gevonden. En er waren twee jongens, daar was ik tot over m'n oren verliefd op, op allebei bedoel ik dus, de een heette Reinout, stel je voor, wat een naam, en de ander... Mafkees!' Sprotjes moeder remde abrupt, toeterde en gaf meteen weer gas. 'De naam van die andere ben ik even kwijt, dat was eigenlijk de knapste van de twee, maar mijn eerste zoen...'

Sprotje dacht aan haar eerste zoen en aan Fred en aan de komende, akelig onzekere dagen in de vast en zeker foeilelijke jeugdherberg Steenbeek, en haar gedachten buitelden net zo over elkaar heen als de woorden van haar veel te hard rijdende moeder.

'O ja, ik weet weer hoe die andere heette: Andy. Maar mijn eerste zoen, die kreeg ik van Reinout – en eigenlijk wist ik vanaf dat moment dat ik Andy leuker vond, ach ja. Totdat hij me kuste. Bij de kiosk op het station. Ik wil maar zeggen, ik benijd je niet. Volwassen worden is een regelrechte ramp. Ik ben bang dat het mij nog steeds niet gelukt is.'

'Wauw,' reageerde Sprotje verbaasd. 'Zolang ik me kan herinneren heb je nog nooit zoveel over jezelf gepraat.'

In plaats van antwoord te geven reed haar moeder in volle vaart door oranje.

Sprotje klampte zich vast aan de stang voor zich. 'Mam!'

Maar haar moeder keek haar via de achteruitkijkspiegel aan en haalde haar schouders op. 'We zijn een beetje laat.'

'Dat is toch altijd zo.' Met een zucht liet Sprotje de stang los.

De bus zeilde door de laatste bocht en kwam verend als een oude bank voor het schoolplein tot stilstand. Sprotje kon net zo goed blijven zitten – haar bagage zat al in de buik van de bus – maar ze stapte uit om de andere Kippen gedag te zeggen, die met de rest van de klas al naast mevrouw Rooze en meneer Groenewoud stonden te wachten. Toen Sprotje de bus uit sprong keek mevrouw Rooze op haar horloge, waarna ze zich met een zuinig gezicht naar meneer Groenewoud boog. 'Klokslag acht uur hadden we afgesproken.'

'Alsof het in het leven op een kwartiertje aankomt.' Meneer Groenewoud glimlachte een beetje onzeker naar haar, terwijl

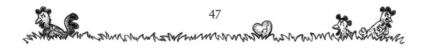

mevrouw Rooze op Sprotjes moeder af stapte, die een van de bagageluiken van de bus openmaakte. In een complete chaos borg iedereen zijn spullen op. Ook de kleintjes – behalve Sprotjes klas ging er ook een brugklas mee.

'Het zal toch niet waar zijn.' Kim gaf Sprotje een por in haar zij.

Sprotje kon haar ogen niet geloven. Tussen de brugklassers stonden drie meisjes breed naar hen te grijnzen.

'Dat zijn Lilli, Bob en Verena...' stamelde Sprotje verrast.

'De Wilde Kuikens. Wat doen die nou hier?' mompelde Roos.

Lilli, Bob en Verena kwamen dichterbij. 'Straks rollen jullie ogen nog uit jullie kop,' zei Lilli, en ze voegde eraan toe: 'Jullie kippenogen.'

Bob en Verena lachten.

Toen op de manege had het drietal nogal wat grappen met de Wilde Kippen uitgehaald.

'Sinds wanneer zitten jullie hier op school?' vroeg Roos.

'Onze ouders zijn voor zichzelf begonnen en hebben hier samen een bedrijf opgericht.' Lilli liet haar rugzak op de grond vallen.

'En wat hebben we dáár?' Sprotje wees naar het hangertje dat Lilli aan een leren koordje om haar hals droeg. Het was ovaal, van zwart hout, beplakt met een mozaïek van stukjes eierdop. Bob en Verena haalden precies zo'n hangertje onder hun T-shirt vandaan.

'Ons oude clubteken was een stukje eierdop, en dat was toch een beetje te breekbaar,' verklaarde Lilli.

Het was Sprotje nu wel duidelijk wie de laatste tijd steeds

hun eieren hadden gestolen. Kim keek vol bewondering naar de mooie hangertjes. Vanuit haar ooghoeken zag Sprotje dat Roos onwillekeurig haar hand op de kippenveer legde die de Wilde Kippen om hun hals droegen.

'Ga nou maar niet naast jullie schoenen lopen. Wij zijn het origineel; jullie zijn gewoon een stel eierdieven!' Sprotje trok Kim en Roos mee naar de andere kant van de bus. 'We kunnen ze maar het beste negeren.'

Sprotje hielp Kim met haar weekendtas. Naast hen schoven net Fred en Willem hun bagage in de bagageruimte.

'Wat denk je?' Willem wees eerst naar mevrouw Rooze en toen naar meneer Groenewoud. 'Zouden Rooze en haar Jan in Steenbeek een tweepersoonskamer hebben?'

'Ik ga het wel even vragen.' Fred grijnsde naar Willem en liep langs Sprotje, zonder haar een blik waardig te keuren.

Op dat moment dook Melanie op. Zij en Willem omhelsden elkaar vluchtig. Veel te vluchtig voor twee mensen die al zo lang bij elkaar zijn, dacht Sprotje.

'Olala, laaiende hartstocht,' zei Mat spottend. 'Jullie hebben vast de bruidssuite geboekt in de jeugdherberg!'

'Niet zo jaloers, Spoelworm.' Willem gaf Mat zo'n harde duw dat die bijna zijn plastic tasje liet vallen.

Fred wees naar het tasje. 'Goh, Mat, is dat al je bagage? Daar moet je het een hele week mee doen?'

Mat knipperde met zijn ogen en mompelde iets als: 'Ik heb toch niks nodig.'

'Hopelijk heb je wel een extra paar sokken bij je. We slapen namelijk op één kamer.' Fred klopte Mat op zijn schouder en baande zich door de leerlingen een weg naar de leraren. 'Hé

meneer Groenewoud, ik wil u iets vragen...'

Willem gaf Mat een por in zijn zij. 'Jemig, de Chef doet het nog echt ook, hij gaat het vragen van die tweepersoonskamer.'

Meneer Groenewouds weekendtas viel om. De ritssluiting was kapot en er vielen een paar spullen uit. Hij bukte zich om ze op te rapen. 'Zeg het eens, Fred.'

Fred schraapte zijn keel. 'Kunnen we in plaats van dat ecologieproject en al die opdrachten niet gewoon iets cools gaan doen?'

Groenewoud propte zijn scheerspullen in zijn tas. 'Ecologie ís cool. We gaan zelf landmeten, kaarten maken en watermonsters nemen.'

'Supercool!' riep Willem ironisch.

'We gaan in elk geval kiezelalgen vinden.' Meneer Groenewoud raapte een paar sokken op. 'Groenalgen en blauwalgen... en...' Midden in zijn zin hield hij op met praten en bukte zich bliksemsnel naar een klein, met blauw fluweel bekleed doosje. Mevrouw Rooze kwam naast hem staan en herhaalde: 'Groenalgen en blauwalgen en...?'

'En misschien zelfs goudalgen,' zei meneer Groenewoud. Achter zijn rug stopte hij het doosje in de sokkenknot.

Sprotjes moeder toeterde ten teken dat ze moesten opschieten. 'Kom op nou.' Ze boog zich uit het busraampje. 'Anders zijn we er niet op tijd voor de lunch.'

'Schiet op!' Vanuit de bus wenkte Lisa de andere Wilde Kippen. 'Voor de beste plaatsen weg zijn.'

Ze stormden met z'n allen door het gangpad naar achte-

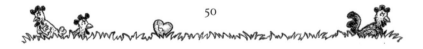

ren. Maar op de achterste rij zaten de Wilde Kuikens hun tong al naar hen uit te steken.

Sprotje zette haar handen in haar zij. 'Dat is onze plek.'

'Ik was hier anders als eerste.' Lilli sloeg haar armen over elkaar. Bob en Verena schoven wat dichter naar haar toe.

'Wegwezen, naar voren, stelletje ukkies.' Sprotje wees met haar duim over haar schouder.

'Ook al zijn jullie drie keer het origineel, wij zaten hier eerst.' Lilli's ogen fonkelden.

'Maar wij zijn met z'n vijven,' zei Roos. Vijf Wilde Kippen hingen als een dreigend onweer boven de drie Kuikens.

Lilli wees naar Willem, die door het gangpad op hen af kwam, en zei tegen Roos: 'Kijk, je vriend.'

Roos draaide zich om en hakkelde: 'Dat is Willem, dat is mijn vriend niet, want je weet wel, Willem is met Melanie en dus...'

Verder kwam ze niet, want op dat moment duwde Lilli haar opzij en glipte door de muur van Kippen. 'Bob, Verena, kom, we gaan aan dat tafeltje zitten. Dat is toch een veel betere plek.'

Verena en Bob holden achter Lilli aan om de enige plaatsen met een tafeltje te bemachtigen, maar ze kwamen te laat, want de Pygmeeën gingen er al zitten. En daar kwam mevrouw Honing aan, de mentor van de brugklas, die Lilli, Verena en Bob helemaal mee naar voren nam.

De Pygmeeën maakten het zich gemakkelijk op de twee banken aan weerszijden van het tafeltje.

Steve keek steels om zich heen en liet de inhoud van zijn rugzak aan de andere Pygmeeën zien. 'Daar krijg je ze alle-

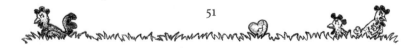

maal mee plat... En als je er zelf genoeg van achter je kiezen hebt zijn alle meiden in die jeugdherberg zo sexy als...' Steve verslikte zich bijna. 'Kim?'

'Wat hebben jullie daar?' Kim probeerde in de rugzak te kijken.

Steve sjorde de rugzak dicht. 'Niks.'

'Zo sexy als wie?' vroeg Fred.

'We hadden het over een zangeres,' zei Steve ontwijkend. 'En eh... nou, wie echt een goede stem heeft...'

'Is Maria Callas,' vulde Kim aan.

'Precies.' Steve stopte zijn rugzak in het bagagenet. 'Supersexy stem.'

Alleen Mat lachte niet.

'Hé, dat was eigenlijk jouw tekst,' zei Fred, om hem uit zijn tent te lokken. 'De hele dag nog geen domme opmerking van Mat, het is een historische dag vandaag.'

Mat blies alleen zijn wangen bol en ademde luidruchtig uit.

'Hopelijk wordt je humeur de komende honderd kilometer nog beter,' zei Steve.

Mat speelde met zijn horloge. 'Naar Kopenhagen is het zeven keer zover.'

Steve keek hem van opzij aan. 'We gaan helemaal niet naar Kopenhagen.'

'Nee, inderdaad,' mompelde Mat. Maar niemand lette nog op hem, want Willem wees proestend naar meneer Groenewoud. Op zijn rug zat alweer een briefje; mevrouw Rooze trok het net van zijn jasje.

'Wat staat erop?' vroeg Groenewoud. Maar in plaats van

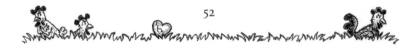

antwoord te geven verkreukelde mevrouw Rooze het brief-je.

Sprotjes moeder startte de bus. Toen ze de deuren wilde sluiten sprong Melanie als door een adder gebeten op, pakte haar schoudertas, rende door het gangpad en stapte op het laatste moment uit.

'Melanie!' riep mevrouw Rooze geschrokken. En meteen daarna: 'Roos, Lisa, Kim, Sprotje!' Want de andere Wilde Kippen gingen natuurlijk meteen achter Melanie aan. Ook mevrouw Rooze wilde uitstappen.

'Ze regelen het zelf wel, Sarah.' Meneer Groenewoud hield mevrouw Rooze tegen. 'Misschien is discipline toch niet de basis van de pedagogiek.'

Mevrouw Rooze liet zich weer op haar stoel vallen. 'O, en wat dan wel?'

'Vertrouwen misschien?'

Mevrouw Rooze stopte het propje papier in het afvalzakje. 'Ik zal maar niet zeggen wat daarop stond. We mogen je idealisme niet aan het wankelen brengen.'

Sprotje rende achter Kim aan de bus uit. 'Wat heeft Mel nou weer?'

'Volgens mij vindt ze dat hele Kippen- en Pygmeeëngedoe gewoon hartstikke kinderachtig,' hijgde Kim onder het rennen.

Bij de volgende hoek hadden ze Melanie ingehaald. Ze leunde tegen de glazen wand van de tramhalte. Haar tas stond naast haar op het bankje.

'Jij verheugde je er toch het meest op om een tijdje van huis te zijn?' hoorden ze Lisa zeggen. 'Op mij na dan?'

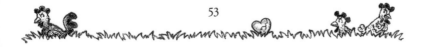

Melanie drukte zich tegen het glas alsof ze erachter probeerde te verdwijnen.

'Vertel nou eindelijk eens wat er met je aan de hand is, Mel.' Kim ging naast Melanie staan, maar Melanie draaide haar hoofd weg.

Sprotje had veel zin om Mel bij haar schouders te pakken en alle koppigheid en al het zwijgen uit haar te rammelen. 'Vind je het niet genoeg dat je vanzelf al altijd en overal in het middelpunt staat en de mooiste bent en dat alle jongens je de leukste vinden en... en... en dat niemand denkt dat je een jongenshaatster bent?!'

Ze voelde dat iemand haar bij haar arm pakte. Roos draaide haar om en Sprotje zag Willem aankomen.

'De bus staat te wachten,' riep hij.

Lisa en Kim begonnen terug te lopen. Sprotje en Roos deden ook een paar stappen, maar bleven toen weer staan.

'Melanie, stel je nou niet zo aan,' zei Willem.

Sprotje kookte vanbinnen. Daarnet had ze precies hetzelfde gedacht, maar nu Willem het zei ontplofte ze bijna. Jongens vonden blijkbaar dat je je aanstelde als je er niet meer tegen kon en de benen nam. Als je gevoelens zo door elkaar liepen dat je niet maar één ding zijn kon, niet alleen kwaad of alleen lief, alleen verdrietig of alleen blij, alleen verliefd of alleen wanhopig. Je kon toch ook al die dingen tegelijk zijn? Maar die stomkoppen wilden dat je altijd alleen maar aardig en ongecompliceerd was.

'Die gasten willen dat je altijd alleen maar aardig en ongecompliceerd bent,' mompelde Roos naast Sprotje.

'Dit is megagênant, kom op, doe nou even gewoon.' Wil-

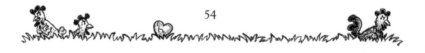

lem wilde Melanie een kus geven, maar ze ontweek hem.

'Als je niet mee wilde had je dat eerder moeten bedenken.' Willem pakte haar tas. 'Whoa! Heb je je hele toilettafel erin gestopt?' Hij probeerde het als een grap te laten klinken.

Melanie kon er niet om lachen. Ze wilde de tas uit Willems handen rukken, maar Willem was sterker. Met zijn ene hand hield hij haar tas achter zijn rug, met de andere haalde hij een zaklamp uit zijn jaszak. 'Hier, die wilde ik je eigenlijk van-avond pas geven.' Hij drukte de zaklamp in Melanies hand. 'Dan kan je 's nachts beter de weg naar mijn bed vinden.'

Een seconde lang bleef Melanie stokstijf staan, toen knik-te ze zwijgend en begon naar de bus te lopen. Toen ze langs Roos en Sprotje kwam scheen ze Roos met de zaklamp in het gezicht.

'Willem bedoelt het niet zo,' zei Roos zacht. 'Hij is alleen niet zo handig met woorden. Dat is toch lief, van die lamp?'

Raar eigenlijk, bedacht Sprotje, Roos en zij hadden vaak dezelfde gedachten, ze waren een soort tweelingzielen en toch snapte ze soms niks van Roos. En van Melanie ook niet. Die pakte nu zonder iets te zeggen Roos' rechterhand, liet de zaklamp erin vallen en liep door naar de bus.

Willem bleef met Melanies tas naast Roos staan. 'Ik denk dat ze ongesteld is.'

Voor die opmerking kreeg hij van Roos een tik tegen zijn hoofd.

'Au!'

'Hier.' Roos wilde hem de zaklamp teruggeven.

'Hou maar.' Willem en Roos raakten elkaar een milliseconde langer aan dan nodig was.

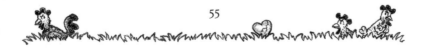

Eindelijk reed de bus de stad uit. Het landschap trok aan hen voorbij. De motor bromde gelijkmatig. Melanie sliep. Lisa luisterde naar een luisterboek, waarschijnlijk een toneelstuk. Kim zat bij de Pygmeeën de songtekst voor te zingen die ze voor de band van de Pygmeeën geschreven had. De Pygmeeën trommelden met pennen, ritselden met chipszakken en speelden luchtgitaar. Kim zag er dolgelukkig uit en Steve filmde iedereen met zijn camcorder.

Roos zat in gedachten verzonken lichtsignalen in het niets te geven. Toen Sprotje naar haar keek, stopte Roos het zaklampje vlug in haar rugzak en bood Sprotje thee aan uit haar thermoskan. Sprotje schudde haar hoofd, maar Kim kwam erbij, liet zich een beker volschenken en prees Roos' thee.

Sprotje trok het dopje uit een van Lisa's oren. 'Nou, ik vind dat hele Kippen- en Pygmeeëngedoe ook een beetje kinderachtig.'

'Ik ook.' Lisa zette haar luisterboek af.

'We zijn er gewoon te oud voor,' zei Kim, terwijl ze de thermoskan dichtdraaide.

'Geen clubactiviteiten dus op werkweek! Afgesproken?'

Lisa, Roos en Kim knikten en Melanie protesteerde in elk geval niet.

'Ik ga het tegen de jongens zeggen.' Kim gaf de thermoskan aan Roos terug en ging weer naast Steve zitten. 'Geen clubactiviteiten op werkweek! Afgesproken?'

De jongens keken allemaal naar Fred. Die stak zijn duim op en riep naar achteren: 'Duidelijk, Opperkip.'

Sprotje grijnsde, maar er was helemaal niets duidelijk.

'Even opgelet!' klonk een stem uit de luidspreker. Verveeld

keek iedereen naar voren, waar mevrouw Rooze in de microfoon blies. 'Dit is een mededeling voor de vierde klas!'

Lilli trok een lange neus naar de Wilde Kippen.

'Luister even, mensen,' ging mevrouw Rooze verder. 'Zoals ik in brief één tot en met drie meerdere keren benadrukt
heb: tijdens de werkweek zijn mobieltjes ten strengste verboden. En nog maar eens, zodat het iedereen goed duidelijk
is: dit is geen vakantie, maar een projectweek met als thema
"Landschap in verandering". Dat betekent excursies, presentaties en...'

Meneer Groenewoud pakte haar de microfoon af. 'En nu
wensen we jullie en onszelf een paar mooie dagen met niet al
te weinig slaap.'

Op dat moment trapte Sprotjes moeder keihard op de rem,
en de bus nam slingerend een scherpe bocht naar rechts. 'Sorry, bijna de afslag gemist,' riep ze, en ze gaf weer gas.

Melanie griste een spuugzakje uit het bagagenetje op de
rugleuning voor haar. De Wilde Kippen hielden met z'n allen
een lange seconde hun adem in. Vals alarm. Melanie haalde
het zakje voor haar gezicht weg.

'Jemig.' Mat kwam naar achteren. 'Rijdt Sprotjes moeder
altijd zo?'

'Altijd,' antwoordden Sprotje, Lisa, Kim en Roos als uit één
mond.

Steve ging in het pad op de grond zitten. 'Ik wist helemaal
niet dat mevrouw Bergman ook bus reed.'

Als een verslaggever richtte hij zijn camcorder op de achterbank.

Kim kwam een beetje naar voren. 'De vrouw van de bus-

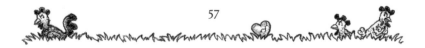

chauffeur die eigenlijk zou rijden is drie weken te vroeg bevallen, en nu helpt hij haar.'

Roos lachte naar Steves camera en zei: 'Goed van hem, vind ik.'

'O ja?'

Iedereen draaide zich om naar Melanie.

'Roos en haar Derde Wereldclub.' Melanie verfrommelde haar spuugzakje. 'Je bent toch altijd zo tegen overbevolking? Zesenhalfmiljard mensen, dat zijn er al veel te veel.'

'Dat is de eerste complete zin die je in anderhalve week gezegd hebt,' zei Kim bijna eerbiedig.

Waarna iedereen weer door elkaar begon te praten.

Sprotje luisterde niet eens meer. Eerder had ze met Lisa van plaats gewisseld. Nu zat ze helemaal aan de buitenkant, bij het raam. Bomen en weilanden, licht en schaduw gleden voorbij.

Sprotje ademde tegen de ruit en schreef een F in de wasem.

Ze lieten de grote weg achter zich, het landschap werd heuvelachtiger, het bos dichter en de bus ging steeds langzamer. Een bordje NAAR JEUGDHERBERG STEENBEEK wees naar een smal slingerweggetje, en even later stopten ze op een parkeerplaats.

Voor hen lag een hoog oprijzend kasteel met luiken in twee kleuren, robuuste kantelen en een vrolijk wapperende vlag op de toren. Links en rechts daarvan strekte zich een eindeloos bos uit, dat ook de parkeerplaats omsloot.

'Ziet er cool uit,' zei Kim bewonderend.

Steve filmde en gaf tegelijk commentaar. 'Voor ons ligt een adembenemende, romantische, avontuurlijke burcht. Dus is nu alleen nog de vraag: waar is onze saaie, lelijke en naar oude sokken stinkende jeugdherberg?'

Op dat moment begon de luidspreker te kraken. Even zong er een hoge fluittoon rond, toen schalde de stem van mevrouw Rooze door de bus: 'We zijn er. Voor ons ligt jeugdherberg Steenbeek. Ik wil jullie vragen om ordelijk gedrag bij het toewijzen van de kamers.'

Meneer Groenewoud boog zich over naar de microfoon in

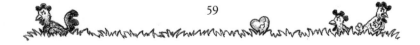

mevrouw Roozes hand. 'Gedraag je niet als roofridders maar als edellieden, oké?'

'Is dat de jeugdherberg?' Lisa kon het bijna niet geloven. Ook Fred wist niet wat hij zag. 'Geniaal.'

Het grind knerpte onder alle voeten. Iedereen rende opgewonden en ongeduldig om de bus heen. Alleen Mat trok een gezicht alsof hij elk moment in huilen kon uitbarsten. 'Hoe mooier, hoe erger,' mompelde hij. Mat was de grapjas van de Pygmeeën, maar zijn humor was niet altijd te volgen.

Sprotje stond een eindje bij de anderen vandaan onder een populier. De blaadjes ervan, die trilden in de wind, keerden haar de ene keer hun zilveren onderkant, dan weer hun groene bovenkant toe, alsof ze vanuit het licht van de middagzon morsetekens de schaduw in stuurden.

Sprotje haalde het kompas uit haar broekzak en wachtte tot de naald stilstond. Het kasteel lag in het zuidwesten, en vanuit het noordwesten kwam Roos aangelopen. Ze had Sprotjes tas en haar eigen tas bij zich en zette ze allebei naast de rugzak aan Sprotjes voeten.

'Mooi kompas. Van Fred?'

Sprotje borg het kompas weer op. 'Waarschijnlijk bestaat het helemaal niet. Die ene grote liefde.'

Roos keek langs de populier omhoog, en even was het alsof haar ogen zich vulden met tranen.

Sprotje pakte de hand van haar vriendin. 'Hé.'

Roos haalde haar neus op en lachte. 'Er staat hier zeker ergens vlier. Of anders heb ik een nieuwe allergie.'

De vriendinnen gingen op hun weekendtassen zitten en keken naar het gekrioel rond de bus.

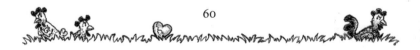

'Ik denk dat je gelijk hebt.' Nu leek Roos alweer verdrietig. 'De meeste volwassenen worden toch ook steeds verliefd op iemand anders? Neem jouw moeder nou.'

'Misschien heeft die haar grote liefde nog niet gevonden, of ze is hem alweer kwijt.' Sprotje keek naar haar moeder, die aan een klemmend bagageluik stond te trekken.

'Dat was je vader, denk ik. Ook al is het niet gelukt.' Roos kwam overeind. 'Kom, de anderen staan te wachten.'

Het pad naar kasteel Steenbeek leidde over een bruggetje waaronder een riviertje rustig voortkabbelde. Watermunt en waterranonkel wiegden op de stroom, de stenen waren bedekt met een groen mosvelletje. Piepkleine visjes schoten van links naar rechts, alsof ze niet konden besluiten welke kant ze op wilden. Fred leunde nonchalant op een bord met het opschrift OPENLUCHTBAD 1,5 KM. Sprotje zuchtte. Fred was maar een paar meter bij haar vandaan, en toch was hij oneindig ver weg.

Achter hem stak kasteel Steenbeek met de onverstoorbaarheid van eeuwen boven de boomtoppen uit. Hoeveel liefde en verdriet hadden die oude muren wel niet meegemaakt?

Voor de brug stonden meneer Groenewoud en mevrouw Honing, de lerares van de brugklas. Mevrouw Honing telde haar beschermelingen, Groenewoud de zijne. 'Mobieltjes in de enveloppen. Dichtplakken, naam erop schrijven en in het krat.'

Meneer Groenewoud gaf Lisa een envelop. Met een ongelukkig gezicht stopte ze haar telefoon erin, waarna ze hem dichtplakte en in Groenewouds krat legde.

Aan de andere kant van de brug dromden ze met z'n allen om mevrouw Rooze heen. Die snoof diep en draaide een rondje om haar as. 'Ruiken jullie dat?'

'Je zou duizelig worden van zoveel frisse lucht.' Willem keek zo scheel dat alleen het wit van zijn ogen nog te zien was.

'Na de laatste auditie heb ik mijn mobiele nummer achtergelaten,' jammerde Lisa. 'En als ik die rol nou krijg?'

De hele groep liep het pad af naar het kasteel. Een stenen kop met een pikzwarte muil keek boosaardig grijnzend op hen neer toen ze de poort door gingen.

Op de binnenplaats zette meneer Groenewoud het krat met telefoontjes neer. 'Die paar dagen overleven jullie ook wel zonder telefoon.' In zijn stem klonk meer leedvermaak dan troost door.

Op het muurtje van de waterput zat een meisje met lange, bruinverbrande benen te bellen.

Sprotje zag dat Steve Willem een por gaf. Willems blik gleed van het in de zon glanzende haar van het meisje helemaal naar haar voeten, die ze juist in de slippers op de grond voor haar stak. Willem gaf Fred een stomp en floot tussen zijn tanden.

Het meisje nam de telefoon van haar oor en stopte hem in de zak van haar strakke korte broek. Er viel een sleuteltje op de grond. Fred rende eropaf, raapte het sleuteltje op en gaf het aan het meisje. Hij wisselde maar een paar woorden met haar, toen stond hij alweer naast Willem – maar voor Sprotje leek het een eeuwigheid te duren.

Meneer Groenewoud gaf Fred en Willem opdracht het krat met de telefoons achter hem aan naar de ingang te dragen.

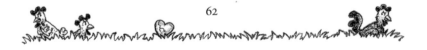

'Ze heet Sabrina,' hoorde Sprotje Fred zeggen toen ze langs haar liepen.

Op dat moment kwam er een jongeman de binnenplaats op.

'Doen jullie je mond nou maar weer dicht,' grijnsde Lisa.

Kim, Roos, Melanie en Sprotje deden wat ze zei.

'Wat een lekker ding,' zwijmelde Kim.

Sprotje en Roos spraken haar niet tegen. En Melanie zei zelfs: 'Zeg dat wel.' Het kon aan het romantische kasteel liggen, of aan de frisse lucht, maar Melanie leek langzamerhand weer de oude te worden.

De jongeman liep naar mevrouw Rooze toe. 'Hoi, u bent vast mevrouw Rooze. We hebben elkaar aan de telefoon gehad.' Meneer Lekker Ding gaf mevrouw Rooze een hand. 'Max Visser. Ik hoop dat jullie een goede reis gehad hebben.' Hij keek mevrouw Rooze stralend aan.

'Absoluut, meneer Visser.' Mevrouw Rooze lachte zoals ze de hele dag nog niet gelachen had.

'Zeg maar Max,' zei hij. 'Ik ben hier de jeugdherbergvader.'

'Is er ook een jeugdherbergmoeder?' Meneer Groenewoud kwam er met een ietwat zuur gezicht bij staan.

'Mijn moeder,' zei Max. 'Maar die ligt in het ziekenhuis. Galblaas. Ik vervang haar tot ze weer beter is.'

Mevrouw Rooze wees naar meneer Groenewoud. 'Dit is Jan Groenewoud, mijn collega.'

'Ik kan jullie maar het best meteen de kamers wijzen. Deze kant op.' Max duwde een zware deur open en meteen raceten Lilli, Bob en Verena de hal in en de trap op, langs een opgezet everzwijn en een harnas.

Roos liet haar bagage vallen. 'Straks pikken die ettertjes de beste kamer in!' Met niet meer dan een seconde vertraging zette ze de achtervolging in. Sprotje pakte Roos' tas en Lisa haar rugzak. Kim had met haar eigen bagage genoeg te slepen. Melanie trok haar koffer op wieltjes achter zich aan, wat bij elke traptree een harde bons gaf, maar dat leek haar niets uit te maken. Omdat ze op de cosmetica-afdeling van het warenhuis werkte had ze de koffer met korting kunnen kopen, had ze de andere Kippen trots verteld.

Toen ze hijgend op de derde verdieping aankwamen had Roos haar voet al tussen de deur.

'Dit is onze kamer!' Drie paar handen probeerden Roos de gang in te duwen.

'Wij waren hier het eerst,' herhaalde Bob aan één stuk door. Verena duwde tegen de deur en Lilli trapte op Roos' tenen.

'Maar deze kamer heeft vijf bedden en jullie zijn maar met z'n drieën!' Roos keek wanhopig om naar haar vriendinnen.

'Dit pikken we niet!' kraaiden de kleintjes.

Voor de andere Kippen Roos te hulp konden komen hield Sprotje ze met een knipoog tegen.

'Hé meiden, dít is pas de ideale kamer voor de Wilde Kippen.' Sprotje deed aan de andere kant van de gang een deur open. 'Cool. Deze heeft zelfs een eigen douche en een tv.'

Een paar tellen bleef het stil in de vijfpersoonskamer, toen stormden de Wilde Kuikens de gang in. Ze duwden Sprotje opzij en veroverden de luxekamer. Sprotje trok vlug de deur dicht en hield de kruk omhoog.

Kim fronste haar voorhoofd. 'Waarom nemen wij niet gewoon die kamer met douche?'

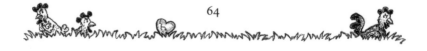

'Een-nul voor de Opperkip.' Lisa wees naar het bordje op de deur, waar drie Kuikens tevergeefs op stonden te bonken.

'Bezemkast,' las Kim, die meteen de slappe lach kreeg. 'Weten jullie...' begon ze drie keer achter elkaar, maar ze moest zo lachen dat ze niet genoeg lucht kreeg. Pas bij de vierde keer wist ze uit te brengen: 'Weten jullie aan wie ze me doen denken?'

'Zeg nou niet aan ons, Kim!' Sprotje had moeite om de deurkruk vast te houden, want aan de binnenkant werd er nu steeds woester aan gerukt.

'Wij waren heel anders in de brugklas.' Roos zette de bagage van de Kuikens voor de deur van de bezemkast. 'Veel serieuzer. En volwassener.'

'Laat ons eruit,' schreeuwden de Wilde Kuikens, op de deur bonkend.

Uit de richting van de trap kwam de stem van mevrouw Rooze. 'Wat is hier aan de hand? Toch niet weer dat kinderachtige Kippengedoe, hè? Houdt het dan nooit op?'

Naast mevrouw Rooze verscheen Max. 'Een echte meidenclub, hm.' Hij wees naar de volgende trap, aan het eind van de gang. 'Volg mij maar. De kamers voor de vierde zijn een verdieping hoger.'

Giechelend liepen de Wilde Kippen achter Max aan. Zonder dat ze er een woord aan vuil hoefden te maken waren ze het erover eens dat hij het lekkerste kontje van heel Steenbeek had. En te zien aan de manier waarop mevrouw Rooze en mevrouw Honing hem nakeken, dachten zij er net zo over.

Op de trap kwamen ze een groep van zeven scouts tegen.

Het 'Hoi, Max!' galmde als een zevenvoudige echo door het trappenhuis.

Telkens achteromkijkend ging Max de Wilde Kippen voor door een lange gang vol sombere schilderijen. Alleen Melanie kon haar koffer ontspannen achter zich aan trekken. Kim, Lisa, Roos en Sprotje liepen moeizaam met hun tassen te zeulen.

Max speelde voor reisleider. 'We hebben hier trouwens een gaaf openluchtbad. Het water is nooit warmer dan achttien graden.'

Door de smalle raampjes in de gang viel geel zonlicht op zijn gezicht en hals. Als hij lachte kon je de pezen in zijn hals duidelijk zien.

Het irriteerde Sprotje dat ze hem net als de anderen behoorlijk aantrekkelijk vond. Tegelijk voelde ze leedvermaak. Het was Fred z'n verdiende loon. Max was veel mannelijker en... Hou op, zei Sprotje streng tegen zichzelf. Je gaat vandaag nog met Fred praten en dan komt het allemaal goed.

'En beneden in de vroegere kemenade van kasteel Steenbeek is elke dag karaokedisco.' Max knipoogde. 'Ik hoop dat ik op jullie kan rekenen.'

Melanie zette haar koffer neer. 'Ben jij daar dan ook?' Op één been balancerend trok ze het verschoven riempje van haar glittersandaal recht.

'Elke avond.' Met een lachje duwde Max een deur open. '*Et voilà!* Onze luxesuite.'

Het was inderdaad een prachtige kamer. Er stonden drie stapelbedden en een grote tafel. Alle stoelen hadden een andere kleur. Zonder een woord te hoeven wisselen waren de

vijf Kippen het er meteen over eens: het was een leuke, gezellige ruimte.

'En, hoe vinden jullie het?'

Weer gingen Sprotjes gedachten naar Fred. Ze zou het goedmaken met hem. Hem straks gewoon vragen of hij met haar naar die karaokedisco wilde. Fred kon beter dansen dan zij en vast ook beter zingen, maar ze zou hem toch vragen. Er schijnt hier een of andere disco te zijn, zou ze zeggen, daar kunnen we wel eens heen gaan. En ze zou naar Fred lachen zoals mevrouw Rooze eerder naar Max had gelachen, of zoals Melanie nu naar Max lachte.

'Vijf sterren, minstens.' Melanie zette het raam open en gooide haar schoudertas op het bovenste bed ernaast. 'Ik slaap hierboven, anders krijg ik geen lucht.'

Max zwaaide en liet hen alleen.

Kim glimlachte naar de dichte deur. 'Wat een schatje,' zuchtte ze.

'We maken geen schijn van kans bij hem.' Roos deed de kast open. Een hele rij kleerhangers in alle soorten en maten schommelde heen en weer. 'Maar mevrouw Rooze wel. Zagen jullie hoe hij naar haar keek?'

'Hij is toch veel te jong voor Rooze.' Melanie bekeek zichzelf in de smalle spiegel aan de zijkant van de kast.

Kim trok haar jas uit. 'En jij bent veel te jong voor hem.'

'Arme meneer Groenewoud,' zuchtte Sprotje.

'*O, hoed u voor jaloersheid, heer!*' Lisa veranderde weer eens in een personage uit een of ander toneelstuk. '*Zij is het groenogig monster dat de spijs bespot die het vreet.*'

'Je wordt vervelend met je Willem Tell.' Kim liet haar sport-

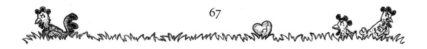

schoenen van een van de bovenste bedden naar beneden vallen.

'Dat was Shakespeare!' Lisa legde twee avocado's op haar nachtkastje; haar moeder had ze meegegeven zodat ze ook iets gezonds te eten zou hebben. 'Jago zegt dat in *Othello*.'

'Die ouwe draak heb je toch nooit nodig voor audities!' zei Kim, die haar hartjeskussentje zat glad te strijken.

'Maar wel als ik ooit naar de toneelschool wil.' Lisa zette een potje vegetarisch broodbeleg en een fles biologisch wortelsap naast de avocado's en liep naar het raam. 'Ik zie Fred en Willem.'

Roos, Kim, Melanie en Sprotje bogen zich over de vensterbank.

Willem en Fred stonden naast de put op de binnenplaats te praten met het meisje dat Sabrina heette. Melanie duwde de andere Kippen aan de kant en deed het raam dicht, hoewel ze het zelf open had gezet voor de frisse lucht. Ze tilde haar koffertje op de tafel, en ook de anderen begonnen hun tassen uit te pakken.

'O god, mijn moeder weer in de bocht,' mompelde Lisa. Ze haalde twee rollen roze toiletpapier uit haar tas en stopte ze helemaal achter in de kast.

Uit Melanies koffer kwamen heel andere kleren dan mevrouw Rooze in haar brieven had aanbevolen.

'Noem je dat functionele vrijetijdskleding?' Sprotje hing haar verwassen sweater met capuchon op een hangertje.

'Ik heb zelfs dichte schoenen bij me,' zei Melanie. Uit een plastic tasje haalde ze rubberlaarzen met een kakelbont bloemetjespatroon erop.

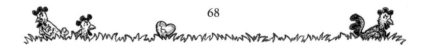

Sprotje en Roos keken elkaar aan en barstten in lachen uit. Maar Melanie lachte niet mee, en ze maakte ook geen kattige opmerking, zoals ze anders altijd deed.

Sprotje wees naar de laarzen. 'Die dingen, en zoals je daarnet bij Max met je lange wimpers stond te knipperen – gelukkig begin je weer een beetje normaal te doen.'

'Die hippie interesseert me anders helemaal niet.' Melanie zette haar bloemetjeslaarzen naast de deur en ging verder met uitpakken.

Roos keek de anderen vragend aan. Ze knikten, en Roos liep naar Melanie toe en legde een hand op haar schouder. 'Het komt door je vader, hè? Omdat hij weer werkloos is?'

Melanie bleef zwijgend in haar koffer rommelen.

Roos slikte. 'Mel, je bent niet de enige die problemen heeft thuis.'

Voor Sprotje zich erover kon verbazen dat uitgerekend Roos dat zei, begonnen Melanies schouders te schokken. Ze trok met haar mond en even later snikte ze het uit. Haar vriendinnen kwamen bezorgd om haar heen staan. 'Mel, wat is er? Zeg nou eens iets! Praat met ons. Ben je soms ziek?'

Melanie haalde de rug van haar hand over haar ogen. Snotterend en met trillende stem zei ze: 'Ik geloof dat ik mijn föhn vergeten ben.'

Gelukkig voor Melanie ging op dat moment de deur open. Drie Pygmeeën staken hun hoofd naar binnen en bespaarden haar de woede van haar vriendinnen.

'We wilden vragen of jullie zin hebben om de omgeving te gaan verkennen,' zei Mat. 'Hé, wie slaapt hier?' Hij graaide naar Kims hartjeskussen.

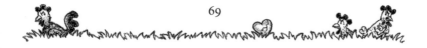

Kim danste om Mat heen maar kreeg het kussen niet te pakken. 'Gaat Steve ook mee?' wilde ze weten.

Willem was op Melanies bed geklommen en haalde haar nachtjapon onder haar kussen vandaan. 'Knus hoor,' zei hij.

Zonder iets terug te zeggen keek Melanie hem strak aan. En opeens werd het doodstil. Er was geen geluid te horen. Ook niet vanbuiten. Mat gaf Kim zwijgend haar kussentje terug.

Fred, die in de deuropening was blijven staan, schraapte zijn keel. 'Er schijnt hier zelfs een soort disco te zijn.'

'Karaokedisco,' zei Sprotje.

Willem sprong van Melanies bed. 'Hoe weten jullie dat?'

'Van de snoezigste jeugdherbergvader aller tijden.' Wat klets ik nou weer voor onzin, dacht Sprotje.

'Zullen we erheen gaan?' Fred vroeg wat Sprotje eigenlijk aan hém had willen vragen.

'Waarom zou ik?' deed ze koel.

Fred leunde nog steeds tegen de deurpost. 'Omdat ik met je wil dansen.' Hij maakte een draai en maakte een paar danspasjes in Sprotjes richting, en het zag er zo grappig uit dat Sprotje moest lachen. Niet hard, maar op een manier die je vanbinnen helemaal blij maakt.

Een houten bord op de binnenplaats wees de weg. KEMENA-
DE stond er in witte sierletters, en daarboven was met viltstift
het woord *Disco* geschreven.

'Een kemenade is toch zoiets als een bordeel?' grijnsde
Mat. 'Daar zitten de concubines te wachten tot de ridders ze
platleggen.'

Sprotje wedde met zichzelf wie als eerste zou reageren,
Roos of Lisa. Het was Roos, die haar been uitstak en Mat liet
struikelen.

'Tot zover het onderwerp platleggen,' lachte Lisa.

'Een kemenade is een haardkamer, een van de weinige ver-
warmde ruimtes in een kasteel,' zei Roos. 'Dus alleen bedoeld
voor edelen. Niet voor het voetvolk.' Ze hielp Mat overeind,
die voor de grap een buiginkje voor haar maakte.

'Maar minnezangers mogen toch wel naar binnen?'

Fred en Sprotje lieten de anderen een stukje vooruitlopen.
Sprotje trok zijn arm dicht om zich heen.

'Kijk daar eens.' Fred draaide Sprotje een beetje opzij.

Tegen de muur van het kasteel stond meneer Groenewoud.
In gedachten verzonken speelde hij met het blauwe doosje in

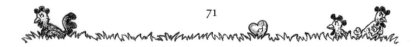

zijn handen. Toen hij Fred en Sprotje zag kijken, liet hij het doosje vlug in de zak van zijn jasje glijden.

'Ik denk dat hij Rooze ten huwelijk wil vragen maar het niet durft,' fluisterde Fred.

'Dat denk ik ook.' Sprotje drukte zich nog dichter tegen Fred aan en trok hem mee naar de andere Wilde Kippen en Pygmeeën, die halverwege op hen stonden te wachten.

Mevrouw Rooze en Max verschenen in de deuropening van de kemenade.

Max glimlachte. 'Wat in het vat zit verzuurt niet,' hoorden ze hem zeggen.

In het zachte licht van de lage avondzon waren de ogen van mevrouw Rooze bijna van goud. Ze glimlachte terug en liep weg in de richting van de kasteelmuur.

'Wat jullie ook van plan zijn,' zei mevrouw Rooze toen ze Fred en Sprotje tegenkwam, 'om tien uur is het voor iedereen bedtijd. Jullie worden morgen in alle vroegte via de geluidsinstallatie gewekt.' Mevrouw Rooze veegde onzichtbaar stof van haar horloge. 'Mozart of Vivaldi?' vroeg ze, alsof het echt een keus was.

'Wat dacht u van Maria Callas?' Freds ogen fonkelden brutaal.

Sprotjes ogen fonkelden ook. 'Om tien uur is het nog niet eens echt donker!'

'Dan trek je de deken maar over je hoofd.'

Meneer Groenewoud kwam naast mevrouw Rooze staan.

'Jan en...' mevrouw Rooze verbeterde zichzelf, '...meneer Groenewoud en ik komen het controleren.'

'Waarom trekken jullie zo'n lang gezicht?' vroeg meneer

Groenewoud. 'We gaan morgen naar twee supergave prehistorische steenformaties. Dan moeten jullie uitgerust zijn.'

'Prehistorische steenformaties,' herhaalde Willem op overdreven geïnteresseerde toon. 'Vet cool.'

Meneer Groenewoud pakte de hand van mevrouw Rooze. 'Misschien is tien uur wel een beetje vroeg,' zei hij, met een knipoog naar de Pygmeeën en de Wilde Kippen.

'Jongeren hebben duidelijke grenzen nodig.' Mevrouw Rooze trok haar hand uit die van meneer Groenewoud. Kennelijk wilde ze haar gezag niet door hem laten ondermijnen. 'Tien uur, en daarmee uit.'

De hand van meneer Groenewoud verdween in de zak van zijn colbert. 'Hopelijk heb je dat ook tegen meneer Visser gezegd.'

'Max, hoezo... Jan?!' Mevrouw Rooze keek meneer Groenewoud, die met grote passen naar de hoofdingang liep, hoofdschuddend na.

Opeens wees Fred over Sprotjes schouder naar de toren. 'Uwe moeder, prinses.'

Sprotjes moeder zwaaide uit een van de spitsboogvensters. 'Veel plezier in de disco!'

'Zoals u wenst, mevrouw Bergman.' Fred maakte een diepe buiging, compleet met sierlijke armzwaai. En Sprotje maakte een reverence, die door het lachen wat wiebelig uitpakte.

'Ik ben morgen weer terug, oké?' riep Sprotjes moeder voordat ze het raam weer dichtdeed. Ze zou die nacht niet in de jeugdherberg slapen, want ze had nog een ander bustochtje op het programma staan.

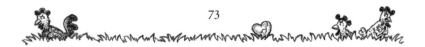

De disco was een grote ruimte met in een van de hoeken een paar doorgezakte banken en stoelen rond tafeltjes van oude sinaasappelkistjes. Voor de grote stenen haard, waar in plaats van een houtvuur een tuinfakkel brandde, draaide Max aan de knoppen van de muziekinstallatie. Aan weerszijden daarvan gaven twee gekleurde schijnwerpers een fel licht. Er was geen bar maar een frisdrankautomaat. Aan de ijzeren kroonluchter aan het gewelf hing een discobal die langzaam ronddraaide.

Onder de jongeren op de dansvloer waren ook al een paar klasgenoten. Noor en Nicole stonden links van Max de laatste maten van een lied te zingen, waarvan ze de tekst van een laptop af lazen.

'Heel mooi gezongen.' Max klapte in zijn handen. 'Nu gaan we een beetje muziek maken, en dan laten we de schijnwerper de volgende sterren aan de karaokehemel aanwijzen.'

'Wil je iets drinken?' Fred liet het kleingeld in zijn hand rinkelen.

'Straks,' antwoordde Sprotje.

Ze liep tussen de dansers door naar Max. 'Doe je ook aan verzoeknummers?'

'Als ik ze heb wel.' Max overhandigde haar een map met karaoketitels.

Sprotje zocht het nummer waarnaar Fred en zij geluisterd hadden na het mislukte feest bij de boomhut, toen ze met z'n tweeën in de caravan zaten en Sprotjes moeder er een eeuwigheid over deed om hen te komen halen.

Sprotje wees het nummer aan. Max knikte. 'Draai ik zo meteen.'

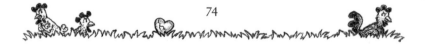

De Pygmeeën stonden op een kluitje bij de frisdrankauto-maat. Toen Sprotje bijna bij hen was gebaarde Fred met twee blikjes in zijn handen dat hij naar haar toe kwam.

Mat stopte iets in Steves rugzak, die naast een stapel krat-ten stond. 'Wat vinden jullie, zullen we het tegen de meisjes zeggen?'

'Wat zeggen?' vroeg Kim, die net aan kwam lopen.

'O, niks.' Steve trok haar mee naar de dansvloer.

Mat pakte Fred bij zijn arm. 'Weet je dat je altijd mijn voor-beeld bent geweest, Chef?' zei hij, terwijl hij Fred zijn blikje cola aanbood.

Sprotje wiegde onder het wachten op de maat van de mu-ziek.

'Ga nou niet meteen weer weg.' Mats vingers haakten zich in Freds mouw. 'Wedden dat jij niet weet wat schijt is in het Deens?'

Fred probeerde zich los te trekken. 'Kom op Mat, doe nou niet...'

'*Lort.*' Mat liet Freds mouw los. 'Oké Chef, ik weet dat je verder moet. Het moet gebeuren... dus het zal gebeuren...'

Fred kwam op Sprotje af. Ze zag Mat proosten tegen zijn rug. 'Het is één grote lortzooi,' zei hij. Hij nam een slok uit zijn colablikje en proostte toen met zichzelf. '*Skål*, Mattias.'

Vlak voor Fred bij Sprotje was kreeg de lichtbundel van de schijnwerper, die al de hele tijd over de hoofden van de dan-sers zwiepte, hem te pakken.

'En daar zul je hem hebben!' riep Max in de microfoon. 'Hoe heet je?'

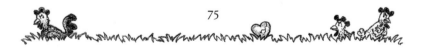

Met de twee blikjes in zijn handen knipperde Fred tegen het felle licht. 'Ik? Fred, hoezo?'

'Oké Fred, jij bent onze volgende karaoke-*king*, nu moeten we alleen nog een geschikte *queen* voor je zoeken...'

Sprotje stak haar hand naar hem uit, maar Fred, verblind door het licht, hield een hand voor zijn ogen en zag het niet.

De lichtbundel gleed verder over de hoofden naar Sabrina. 'En daar is ze dan!'

Het publiek duwde Fred en Sabrina naar Max toe.

'De Chef zingt met de disco-queen!' Mat stak zijn blikje zo woest in de lucht dat er een plens cola uit gutste. Steve pakte zijn camera.

Sprotje stond als aan de grond genageld. Ze grijnsde. Nu niets laten merken. Gewoon blijven lachen. Als ze maar lang genoeg bleef lachen, zouden de angst en de jaloezie, die gevaarlijk borrelden in haar binnenste, misschien vanzelf weer wegebben. De muziek begon al te spelen. Fred en Sabrina zetten een beetje aarzelend in, maar Sabrina had een geweldige stem. En zoals ze bewoog! Met haar enthousiasme sleepte ze Fred mee. Het was het perfecte duet. Ze waren het perfecte duo. Het publiek joelde. Sprotje lachte. Sabrina's haar glansde in het licht van de schijnwerper. De muziek was een onzichtbare band tussen Fred en Sabrina. Een van Sabrina's vriendinnen gooide een handvol glitterconfetti in de lucht. Fred en Sabrina leken wel twee figuurtjes in een sneeuwbol.

Sprotje had genoeg gelachen en rende naar buiten.

Haar voetstappen weergalmden op de verlaten binnenplaats. Een paar duiven vlogen op en streken met hun domme gekoer neer op het dak van het koetshuis. Pas bij de put bleef

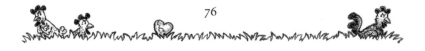

Sprotje staan. Ze staarde naar het ijzeren rooster, dat de duisternis in de schacht gevangenhield. Op het rooster lag een ingedeukt blikje, over een van de spijlen hing een verbleekt ijsjespapiertje. Zou er nog water in de put staan? Sprotje pakte een steentje en liet het erin vallen. Het tikte tegen het rooster, en als een echo volgde even later een zachte plons.

'Het is best diep.' Roos kwam naast Sprotje op de rand van de put zitten.

Net zo diep als die stomme jaloezie in mijn binnenste. Net zo diep als de angst om in de steek gelaten te worden. Misschien zit dat allemaal zo diep in mij omdat mijn vader de benen nam toen ik nog een klein kind was. Al die gedachten flitsten door Sprotjes hoofd, maar wat ze zei was iets heel anders. 'Ook de langste reis begint met een klein stapje.' Dat had haar vader op zijn één na laatste ansichtkaart uit Nieuw-Zeeland geschreven. 'Dat is een spreekwoord van de Aboriginals.'

Roos knikte alleen maar. Sprotje was blij dat Roos er was. En dat ze geen vragen stelde, haar niet de les las of overlaadde met begrip, maar alleen maar naast haar op de rand van de put zat.

'Noor en Nicole.' Roos wees naar de vuilcontainers naast het koetshuis, waar Noor en Nicole stiekem stonden te roken.

Vroeger stonden in het koetshuis de rijtuigen van de bewoners van het kasteel, nu waren er een motorfiets en een bestelwagen met het opschrift JEUGDHERBERG KASTEEL STEENBEEK geparkeerd.

'Op school laatst, toen die twee zo stom over Lisa begonnen te kletsen...' Roos blies een mier van haar arm. 'Ik vond het te gek zo rustig als Lisa bleef.'

'Ze weet wie ze is en wat ze wil.' Onopvallend veegde Sprotje de tranen uit haar ooghoeken. 'Hoe gaat het eigenlijk met jou en Mike?'

Roos legde haar hoofd in haar nek en tuurde naar de intussen donkerblauwe lucht. 'Een langeafstandsrelatie, dat eeuwige wachten, afhankelijk zijn. Dat is niets voor mij.'

'Is het uit tussen jullie?' vroeg Sprotje zacht.

'We zijn nog wel vrienden.'

Roos raapte een handje steentjes op. Sprotje deed haar na. Ze lieten tegelijk één steentje in de put vallen en gooiden toen in een keer de rest erin. Het klonk alsof het opeens begon te regenen.

'Als we zo doorgaan...' begon Sprotje.

'...zit die put straks vol,' vulde Roos aan.

Ze begonnen te lachen. Zo hadden ze in groep één al met elkaar gelachen, en later in de brugklas, als Wilde Kippen, ook. Nu ze geen idee meer hadden wie ze waren was het nog precies zo, maar anders dan vroeger werden ze heel snel weer serieus.

'En?' Sprotje praatte nog zachter dan daarnet. 'Ik bedoel, was er, tussen jou en Mike, was er meer?' En bijna onhoorbaar voegde ze eraan toe: 'Je weet wel.'

'Je bedoelt of we...' Roos' gezicht stond nog steeds vrolijk van het lachen.

'Ja. En?'

Roos schudde haar hoofd. 'Ik wilde niet.' Het laatste restje lach verdween uit haar ogen. 'Misschien is het daarom niet gelukt met Mike en mij.'

Sprotje voelde paniek opkomen. 'Daarom?!'

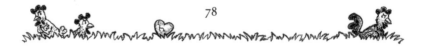

'Ik bedoel natuurlijk andersom. We pasten niet bij elkaar. En daarom wilde ik niet.'

'Ik weet niet meer of ik wel pas,' zei Sprotje. 'Ik geloof dat ik niet eens meer weet wie ik eigenlijk ben.'

'Je bent Sprotje, mijn beste vriendin.' Roos omhelsde haar. 'En Fred houdt van je. Jullie horen bij elkaar. Heel anders dan Mike en ik of...' Roos aarzelde even. 'Melanie en Willem.'

'Hoe kom je daar nou bij?'

'Gewoon, een gevoel.' Roos kneep haar ogen half dicht en wees naar het koetshuis. 'Is dat niet Mats vader?'

Mevrouw Rooze en een wat gedrongen man stonden met Nicole en Noor te praten.

'Kom mee, dat voorspelt niet veel goeds.' Roos pakte Sprotje bij haar arm en ze renden terug naar de disco.

Binnen moesten Sprotjes ogen eerst wennen aan het schitteren en blinken. Max liet de schijnwerper weer over het publiek gaan. Fred en Sabrina waren met elkaar aan het dansen.

'Daar zit hij.' Roos trok Sprotje mee, dwars over de dansvloer.

Fred riep haar naam, maar Sprotje reageerde niet. Nu had ook zij Mat gezien. Hij viel net van de leuning van een van de oude banken.

Fred liet Sabrina staan en haalde Roos en Sprotje in. 'Man, Mat, wat is er met je?'

Willem probeerde tevergeefs zijn vriend rechtop te zetten. 'Hij is straalbezopen!'

Steve gaf hulpeloze tikjes tegen Mats wangen, maar Mat brabbelde alleen maar onzin. Kim, Melanie en Lisa kwamen er ook bij staan.

'Rooze en zijn vader zijn in aantocht,' zei Roos een beetje buiten adem.

Lisa rook aan het lege colablikje naast de bank. 'Er heeft alcohol in gezeten.'

Steve trok een schuldbewust gezicht. 'Wodka,' zei hij.

'Welke gek heeft dat meegebracht?' vroeg Kim boos.

'Ik kon toch niet weten dat Mat...' Steve maakte zijn zin niet af.

Even zag het ernaar uit dat Kim hem een klap zou geven, maar toen wees ze naar de deur. 'Daar heb je ze al. Rooze en Mats vader!'

Kim, Lisa, Melanie en Sprotje draaiden zich om en vormden een soort levend kamerscherm.

Fred hield Mats hoofd vast. 'Wat doen we nu?' Bij wijze van uitzondering wist zelfs de baas van de Pygmeeën er geen raad mee.

Als vanzelfsprekend namen Roos en Willem de leiding.

'Hij moet onder de douche,' zei Willem. 'Ik ken dit van mijn ouweheer.'

'Dat doen de Pygmeeën,' beval Roos. 'Sprotje en ik kijken of de kust veilig is.' Roos draaide zich om naar Kim, Lisa en Melanie. 'En jullie leiden Rooze en Mats vader af. Kom, Sprotje...'

Roos wees naar de smalle deur naast de frisdrankautomaat. ALLEEN PERSONEEL, stond er op een geelkoperen bordje. Sprotje duwde de klink omlaag. Gelukkig zat de deur niet op slot. Nog net op tijd sleepten de Pygmeeën Mat de gang in.

Als spionnen slopen Roos en Sprotje door de jeugdherberg en loodsten de Pygmeeën met de lallende Mat tussen hen in door de gangen.

'Wil niet weg, jullie zijn mijn vrienden, wil niet weg,' brabbelde Mat onophoudelijk, als een mantra. Bijna waren ze mevrouw Honing, die net de trap af kwam, tegen het lijf gelopen, maar ze konden nog op tijd de keuken in glippen, waar om deze tijd gelukkig niemand was. Willem hield een hand voor Mats mond.

In de wasruimte voor de jongens zetten ze Mat in de hoek van een douchehokje, maar hij zakte steeds onderuit.

'Ik hou hem wel vast,' zei Fred. Hij sloeg zijn armen om Mat heen zoals een reddingszwemmer zijn armen om een drenkeling heen slaat. 'Zet maar aan.'

Steve zette de douche aan.

'Koud, mafkees.' Steve draaide de koude kraan open. Mat begon hevig tegen te spartelen. Willem moest Fred helpen om hem vast te houden. Het regende koud water op de drie Pygmeeën, die met al hun kleren aan in het douchehokje stonden.

'Verdomme, Mat!' schreeuwde Fred. 'Zeg nou eens wat. Doe je ogen open, man.'

'We moeten hem laten kotsen,' zei Willem, die zelf bijna uitgleed op de gladde tegels.

Roos zette de douche uit. 'Straks raakt hij nog in shock door dat koude water.'

De natte Pygmeeën lieten zich op de grond zakken.

'Mat... hoor je me, Mat?!' Roos knielde naast hem.

'Haal Groenewoud!' schreeuwde Sprotje in Steves gezicht. 'Alleen lukt het ons niet.'

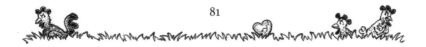

Fred knikte en begon ook te schreeuwen: 'Doe wat ze zegt, Steve! Haal Groenewoud! Waar wacht je op?'

Steve rende weg.

Nog geen kwartier later lag Mat op het bed van meneer Groenewoud.

Max onderzocht de jongen, terwijl meneer Groenewoud zenuwachtig liep te ijsberen.

'Als Max niet voor jeugdherbergvader speelt studeert hij medicijnen,' zei mevrouw Rooze tegen Mats vader, die op de rand van het bed zat en de hand van zijn zoon vasthield.

De Wilde Kippen en de Pygmeeën verdrongen zich naast de deur van het kleine kamertje.

'Mat,' zei Max nog een keer. 'Hoor je me?'

Mat knikte met halfopen ogen. Hij zag krijtwit, maar hij was tenminste wakker.

Max wees naar Mats vader. 'Weet je wie dat is?'

Mat knikte. 'Sorry, pap.'

Max wees naar meneer Groenewoud. 'En dat?'

'Koolstofdioxide, water en licht,' mompelde Mat zwakjes, 'veranderen onder invloed van bladgroenkorrels in glucose en zuurstof.' Zijn ogen vielen weer dicht.

'We zijn net bezig met fotosynthese,' zei meneer Groenewoud tegen Mats vader. 'Ik ben zijn biologieleraar.' Hij kuchte ontroerd. Maar toen hij zich naar de Pygmeeën omdraaide, veranderde zijn ontroering op slag in woede, en daar kwam geen fotosynthese aan te pas.

'Hoe konden jullie nou zo stom zijn?! Alcohol op een werkweek?!' Hij keek niet alleen de Pygmeeën aan, maar ook

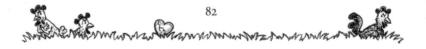

de Wilde Kippen. 'Jullie hebben zeker allemaal gedronken?'

'Eén slokje maar,' bekende Willem, en Steve knikte.

'Hebben jullie nog meer bij je?'

De Pygmeeën schudden hun hoofd. Er viel een stilte. Ze hoorden Mat zachtjes rochelen in zijn slaap.

'Ik moet u mijn verontschuldigingen aanbieden,' zei mevrouw Rooze tegen Mats vader. 'Wij als leraren hadden moeten controleren of er iemand alcohol bij zich had.'

'We vertrouwden ze gewoon.' De verwijtende blik van Groenewoud trof de Kippen en Pygmeeën als een klap in hun gezicht.

Mats vader streek het haar van Mats voorhoofd. 'Hij wil niet weg.'

De anderen keken hem niet-begrijpend aan.

'Mattias, Mat... Hij heeft het jullie zeker niet verteld?'

Ze schudden allemaal hun hoofd.

'We hebben in Denemarken al een school voor Mat gevonden. Eigenlijk wilden we pas aan het eind van het schooljaar verhuizen, maar...'

'Hij heeft zich niet afgemeld voor de werkweek,' zei mevrouw Rooze.

'Dat dacht ik al.' Mats vader haalde vermoeid een hand over zijn gezicht. 'Mijn nieuwe baas in Denemarken wil dat ik eerder begin. We verhuizen deze week.'

'Naar Denemarken?' vroeg Steve. 'Waarom?'

'Mijn bedrijf stuurt me erheen. Ik heb geen keus.'

'Liever Denemarken dan werkloos.' Melanie had haar glittersandalen in haar hand; die had ze uitgetrokken om harder te kunnen lopen.

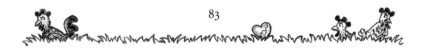

'Dat zei Mattias' moeder ook.' Mats vader trok de deken over de schouders van zijn slapende zoon. 'Maar voor hem is Kopenhagen een roteind bij jullie vandaan.'

'Zeven keer zo ver,' mompelde Steve, zonder dat iemand erop reageerde.

'Mattias zei vanochtend dat hij alleen even naar de bus ging om jullie gedag te zeggen. Maar hij kwam niet terug. Toen heb ik een en een bij elkaar opgeteld en ben ik hierheen gereden.'

'Mat gaat verhuizen. Balen, man.' Willem zei hardop wat iedereen dacht.

'We kunnen Mat nu het best rustig laten slapen,' zei meneer Groenewoud. Hij duwde de Kippen en de Pygmeeën de kamer uit.

Max hield de deur open voor mevrouw Rooze. 'Er moet wel iemand bij hem blijven.'

Mevrouw Rooze keek naar meneer Groenewoud. Die dacht even na en zei tegen Mats vader: 'Blijft u maar bij uw zoon, meneer Stobbe.'

Vlug propte meneer Groenewoud wat spullen uit zijn koffer in zijn rugzak. Zijn toiletspullen, een pyjama en een vormeloos knoedeltje sokken, waar het blauwe doosje nu misschien wel weer in verstopt zat. Met zijn arm om mevrouw Rooze zei hij tegen Max: 'Ik slaap bij mevrouw Rooze.'

'Dat wilde ik ook al voorstellen, Jan.' Mevrouw Rooze nam met een glimlach afscheid van Max en wierp vervolgens een strenge blik op de Kippen en Pygmeeën. 'En van jullie willen we vanavond geen kik meer horen.'

De Wilde Kippen drentelden naar hun kamer. En de Pyg-

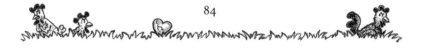

meeën naar die van hen. Voor Sprotje de deur dichtdeed wachtte ze tot Fred zich nog een keer omgedraaid had om naar haar te zwaaien. Toen ging het licht in de gang uit.

Sprotje trok haar pyjama aan en kroop in bed.

Lisa viel als eerste in slaap. Ze had zich opgerold als een egeltje en lag zachtjes te snurken.

Roos richtte Willems zaklamp op het bed boven Lisa. 'Melanie, slaap je al?'

Melanie verroerde zich niet. Misschien deed ze alleen alsof ze sliep. Roos deed de zaklamp weer uit.

Door het open raam klonken onduidelijke stemmen op de binnenplaats. De wind ruiste in de bladeren van de klimop die de muren bedekte en ergens floot nog een vogel.

'Steve zegt dat ik mooi kan zingen.' Kim neuriede een paar maten van het nieuwe nummer van de Pygmeeënband. 'Dat is vast een nachtegaal daarbuiten.'

'Het is een merel.' Sprotje tastte naar haar spijkerbroek. 'Door al dat kunstlicht, van straatlantaarns en zo, zingen ze tegenwoordig ook als het donker is.'

'Voor mij is het een nachtegaal.' Kim nestelde zich diep onder de dekens.

Sprotje voelde aan het kompas in haar broekzak. Ook in het donker wees de naald naar het noorden. Maar Sprotjes gedachten draaiden in kringetjes rond. Tot in haar onrustige dromen aan toe.

De volgende ochtend werden de Wilde Kippen al vroeg wakker. Ze wisten van elkaar dat ze wakker waren, maar nog niemand had een woord gezegd. Wel werd er af en toe zachtjes
gezucht, vooral door Melanie en Roos.

Sprotje trok de deken op tot aan haar neus en probeerde de gedachtevrije warmte van de slaap zo lang mogelijk
vast te houden. Maar ergens wist ze dat het zou gaan zoals op dagen dat je wakker wordt met het weldadige gevoel
dat het weekend is, en dan opschrikt met de zekerheid: het
is donderdag en we hebben vandaag een wiskundeproef-
werk.

Nu moest ook Sprotje gezucht hebben, want Lisa riep vanuit haar bed: 'Wat een zuchtfestijn is het hier zeg! Jullie hebben zeker heimwee?'

Niemand gaf antwoord. Na een hele tijd zei Lisa zelf: 'Ik
heb anders wel een beetje heimwee, naar ons weiland en de
caravan.'

'En naar Emma, Isolde en Chagall.' Sprotje deed haar ogen
dicht en somde haar kippen op. 'En Clara en Dollie. En Huberta natuurlijk.'

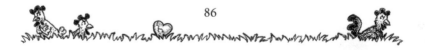

Na een korte stilte mompelde Roos: 'Ik mis Luca en Titus. En mijn ouders natuurlijk. De hele familie.'

Sprotje hoorde het verbaasd aan. Nu kende ze haar beste vriendin al zo lang, maar dat Roos heimwee had naar haar irritante broertjes had ze nooit kunnen bedenken. Titus maakte de ene domme opmerking na de andere en Luca had aan de lopende band een oppas nodig.

In het bed boven Lisa ritselde iets. Melanie stak haar lange benen in de lucht. Haar voetzolen raakten het plafond. Het zag eruit als een yogaoefening. Melanies stem klonk zacht, als van heel ver weg. 'Ik heb heimwee naar vroeger.'

Niemand zei meer iets.

En ik heb heimwee naar Fred, dacht Sprotje.

Even later schalde *De vier jaargetijden* van Vivaldi door de luidsprekers op de gang.

'Zomer, derde deel, Presto in g-mineur,' zei Kim. 'Dat kan Steve op zijn keyboard.'

Aan het ontbijt kregen ze natuurlijk eerst een knallende donderpreek. In twee variaties. Eerst een Groenewoud-donderpreek en daarna een Rooze-donderpreek.

Steve nam de andere Pygmeeën in bescherming. Het was allemaal zijn schuld, zei hij, en hij bood zijn excuses aan omdat hij zo stom was geweest wodka mee te nemen. Hij praatte binnensmonds en zat tijdens heel zijn monoloog aan zijn camera te frunniken.

Sprotje keek intussen de eetzaal rond. Mat en zijn vader waren er niet. Nu had mevrouw Rooze het over verantwoordelijkheid. Ze zei dat hun ouders natuurlijk bericht zouden

krijgen en dat het een haar gescheeld had of iedereen die alcohol gedronken had was naar huis gestuurd. 'Dat jullie hier nog zijn hebben jullie aan meneer Groenewoud te danken. Die denkt dat jullie vannacht je lesje wel geleerd hebben.'

Meneer Groenewoud bezorgde hun een slecht geweten en mevrouw Rooze dreigde met strenge straffen bij elke volgende misstap. Die twee vormden een perfect team.

Lilli, Bob en Verena, die het gebeuren vanaf hun tafel gadesloegen, hielden vol leedvermaak broodjes tegen hun hoofd alsof het reuzenoren waren en loensten met een domme grijns op hun gezicht naar de Kippen en Pygmeeën. Tot mevrouw Honing het in de gaten kreeg en hen naar de keuken stuurde om nieuwe thee te halen.

Na de toespraak van mevrouw Rooze bleef het muisstil. Meneer Groenewoud legde een chocoladecroissant op haar bord.

'Waar haalt hij chocoladecroissants vandaan?' fluisterde Willem.

'Vast speciale kost voor leraren,' fluisterde Fred terug.

Op dat moment liep Sabrina achter hun tafeltje langs, gevolgd door haar klasgenoten. 'Die verkopen ze in het café in het dorp,' zei ze.

Sprotjes ogen veranderden in spleetjes. Als dat mens nu bij Fred ging zitten... Maar Sabrina ging met haar groep aan de grote tafel bij het raam zitten.

'Kun je even komen, Sarah?' Max stond met een moersleutel in zijn vettige handen in de deuropening en wenkte mevrouw Rooze. Ze stond haastig op en liep naar hem toe.

'We zijn dus al op voornamen overgegaan,' bromde me-

neer Groenewoud. Terwijl mevrouw Rooze met Max stond te praten begon Groenewoud de chocoladecroissant zelf op te eten. Het zag er niet uit alsof het hem smaakte.

'Bedankt, Max.' Mevrouw Rooze raakte even Max' schouder aan en riep toen: 'Op de binnenplaats staat iemand die afscheid van jullie wil nemen.'

De Kippen en Pygmeeën liepen achter mevrouw Rooze aan naar buiten.

In de schaduw van een oude thuja pakte Fred Sprotje bij haar arm.

'Wat?' Haar ongeduldige toon overstemde het bonzen van haar hart.

Fred knipperde met zijn lange wimpers en zocht naar woorden. 'Ik wil niet dat het uit is tussen ons.'

Sprotjes schaduw was langer dan die van welke boom dan ook; het lukt haar niet eroverheen te springen. 'Daar is Mat.' Ze liet Fred staan, liep naar de anderen en omhelsde Mat.

'Hé, Opperkip.' Mat zag bleek en leek nog kleiner dan anders. 'Ik zal jullie missen.'

Nu kwam ook Fred erbij staan. Hij gaf zijn vriend een kameraadschappelijke hand. 'Mat.'

'Ha, Chef.' Mat liet Freds hand los. 'Ik zal onze clubeed nooit vergeten.' Mat begon, en de andere Pygmeeën mompelden mee: 'Wij zweren leven, eer en gerechtigheid zonder vrees te verdedigen tegen misdadigers, piraten, nazi's, kannibalen en rottige leraren.'

Mats stem klonk schor. 'Zulke Pygmeeën vind ik nooit meer, en zulke Kippen ook niet.' Hij probeerde te lachen. 'Ik weet niet eens wat "kip" is in het Deens.'

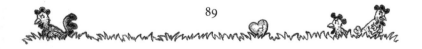

Steve wreef over zijn linkeroog; het rechter zat aan de zoeker van zijn camera geplakt.

'Mattias, we moeten gaan,' riep Mats vader, die bij de poort stond te wachten.

'Nog één momentje.' Mat trok Roos een beetje opzij. 'Ik moet je nog iets vertellen.'

Roos keek hem afwachtend aan.

'Je weet wel, die kreet toen...' begon Mat aarzelend. 'Die ik op de muur gespoten had...'

Sprotje hoefde haar ogen maar dicht te doen en ze zag de muur van Roos' huis weer voor zich, met die schreeuwende letters: HIER WOONT ROOS, DE DOMSTE KIP VAN DE STAD.

Mat gaf Roos een aai over haar wang. 'Dat was eigenlijk een liefdesverklaring.' Toen draaide hij zich om en liep weg.

'Wacht.' Fred rende achter hem aan en sloeg zijn armen om hem heen. 'Je blijft altijd mijn vriend.' Hij haalde zijn neus op, en om zijn gevoelens te verbergen zei hij: 'En je hebt iets op je shirt.'

Mat keek omlaag en kreeg op hetzelfde moment een tik tegen zijn neus van Fred, die hij meteen beantwoordde met een gespeelde karateslag.

Fred keek zo verdrietig dat Sprotje tegen haar tranen moest vechten. 'Shit man...' zei hij met verstikte stem.

'Dat is *lort* in het Deens, Chef.' En met die woorden liep Mat naar zijn vader toe.

De Wilde Kippen, Steve en Willem verzamelden zich voor het koetshuis rond meneer Groenewoud. Alleen Fred bleef Mat staan nakijken.

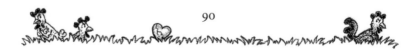

90

Sabrina's groepje liep langs met hun begeleidster. Sprot-je wreef zich in de ogen. Had ze dat nu goed gezien of ver-beeldde ze het zich maar? Heel onopvallend had Sabrina in het voorbijgaan een briefje in Freds jaszak gestopt.

Fred keek steels om zich heen. Sprotje keek snel weer naar meneer Groenewoud, die stond te vertellen hoe de excursie van vandaag eruit zou zien. Maar toen ze tussen Kim en Steve door loerde zag ze dat Fred het briefje las.

'We gaan de natuur in.' Groenewoud wees naar Melanies glittersandalen. 'Dat betekent dichte schoenen. Bij de rivier gaan we watermonsters nemen, dus jullie kunnen het best rubberlaarzen aantrekken. En neem voor de zekerheid regen-kleding mee. Vertrek hier, over precies vijf minuten.'

Bijna iedereen ging terug naar het kasteel. Sprotje bleef bij meneer Groenewoud staan, want ze had al dichte schoenen aan en haar regenjas zat om haar middel geknoopt.

In het koetshuis kletterde iets op de grond. Meneer Groe-newoud en Sprotje draaiden zich om en liepen op het geluid af.

In het koetshuis leunde mevrouw Rooze tegen een stel-lingkast vol met verfblikken, blikken smeerolie, koplampen en allerlei gereedschap. BEHANGPLAKSEL las Sprotje op een doosje dat naast een oude emmer stond.

Max lag achter in het koetshuis op zijn rug onder de mo-torfiets.

Mevrouw Rooze gaf hem een gevallen moersleutel aan. 'Is dat jouw motor?' vroeg ze.

Geen van beiden zagen ze meneer Groenewoud en Sprotje, die maar een paar meter bij hen vandaan stonden.

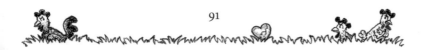

'Van mijn vader geërfd.' Max draaide een moer aan. 'Protestgeneratie, *Easy Rider* en zo.' Hij kroop onder de motor vandaan. 'Waar zou jij graag naartoe willen?'

'Naar Samarkand,' antwoordde mevrouw Rooze zonder te aarzelen.

'Samarkand.' Max veegde met een oude lap de smeer van zijn vingers. 'Waar ligt dat?'

'In Oezbekistan,' zei meneer Groenewoud plompverloren. 'Vierhonderd kilometer ten noordwesten van het Pamirgebergte.'

'Tja, en wij moeten nu ook ergens naartoe.' Mevrouw Rooze nam gehaast afscheid van Max, die in plaats van een hand zijn elleboog naar haar uitstak. 'Niet naar Oezbekistan natuurlijk,' hakkelde ze, 'maar naar het bos achter het kasteel en dan naar de rivier.'

Aangevoerd door mevrouw Rooze en meneer Groenewoud trokken de leerlingen de natuur in. Eigenlijk was er een riviergroep en een bosgroep, maar omdat de rivier door het bos liep en niet iedereen kon beslissen bij welke groep hij wilde, liep iedereen door elkaar heen.

'De bosgroep brengt twee stukken bos in kaart.' Mevrouw Rooze deelde gefotokopieerde schetsen van de omgeving uit. 'We nemen bodemmonsters en vergelijken de soortenrijkdom in het stuk dat na de sluiting van de mijnen aan de natuur is teruggegeven met die in het oude bos achter het kasteel.'

'Maar zondag over drie weken heb ik om vijf uur een afspraak,' grijnsde Fred.

Meneer Groenewoud bracht een vreemd houten pijpje naar zijn mond en blies. Het klonk als een eend.

'Dit is een eendenlokfluitje,' riep meneer Groenewoud, om boven het gelach uit te komen. 'In tegenstelling tot een gewoon fluitje stoort dit de dieren in de natuur niet.'

Willem wees naar Sprotje en haar vriendinnen. 'Voor dat stelletje heb je eerder een kippenlokfluitje nodig.'

Meneer Groenewoud ging er niet op in en blies nog een keer op zijn fluitje. 'Als jullie dit horen, luisteren jullie, oké?'

Mevrouw Rooze stopte een batterij in een lichtloep en gaf de loep aan Fred. Die stapte ermee op Steve af en hield hem vlak voor zijn pukkelige gezicht. 'Ik zie hier ernstige sporen van mijnbouw.'

'Stilte!' Meneer Groenewoud stak zijn handen in de lucht om aandacht te vragen. 'De riviergroep neemt watermonsters.' Hij wees met zijn eendenlokfluitje naar de rivier. 'Eerst hier, voor het riviertje in de oude mijngang sijpelt en dan...' hij maakte een halve draai, '...op de plaats waar de rivier de mijngang weer uit komt. Zo kunnen we een eventuele verandering van de waterkwaliteit vaststellen.'

Willem deed overdreven geïnteresseerd. 'Echt cool, meneer Eend!'

'Het zal wel, Woerd,' antwoordde de leraar voor hij wegbeende.

Steve pakte Fred de loep af. 'Wat is het verschil tussen een batterij en een vrouw?'

Fred grijnsde. 'Die heeft Mat zo vaak verteld: een batterij heeft ook een positieve kant.'

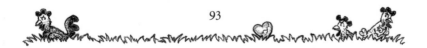

De Pygmeeën moesten zo hard lachen dat het galmde tussen de bomen.

De Wilde Kippen stonden met hun armen over elkaar geslagen te koken van woede.

Willem klopte Fred op zijn schouder en keek vlug even of Melanie wel meeluisterde. 'En weten jullie wat een fee doet?'

Steve en Fred schudden hun hoofd. Maar hun geproest verraadde dat ze de clou al kenden.

'Een echte fee verandert na de seks in twee kratten bier en drie vrienden.' Lachend zei Willem nog een keer: '...na de seks in twee kratten bier en drie vrienden.'

Melanie draaide zich om naar de andere Wilde Kippen. 'Nou, als jullie zin hebben om nog meer Mat-grappen aan te horen, ik niet.' Ze liep naar Noor en Nicole, die bij de rivier stonden en op aanwijzing van meneer Groenewoud al met schepnetjes in de weer waren.

Sprotje gooide een sparappel naar Willems hoofd, maar ze miste. 'En wat is een man tussen twee vrouwen?'

De Pygmeeën keken haar dom aan.

'Een kenniskloof.' Nu barstten Kim, Lisa en Roos in lachen uit.

Mevrouw Rooze ging op een boomstronk staan. 'De bosgroep komt nu met mij mee.' Ze gaf Roos en Lisa allebei een rol rood-wit afzetlint en Fred een zware tas met spullen. Langzaam zette de bosgroep zich in beweging.

Sprotje kon niet beslissen. Moest ze bij de riviergroep gaan, of net als Fred bij de bosgroep?

Willem liep een stukje achter Fred aan, maar keek toen om naar de rivier, waar Melanie aarzelend het water in stapte. Hij

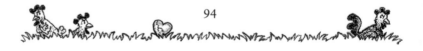

riep naar mevrouw Rooze: 'Ik doe met de riviergroep mee.'

'Ik ook.' Sprotje liep met Willem mee naar Melanie.

Toen meneer Groenewoud haar op de oever een doosje met potjes voor de watermonsters aangaf, vloog er opeens een schepnetje door de lucht. Meneer Groenewoud moest bukken om niet geraakt te worden. Melanie beende met grote stappen kwaad het water uit. 'Mijn mooie nieuwe laarzen!' Haar rubberlaarzen zaten onder de modder. Alleen aan de bovenkant waren de kakelbonte bloemetjes nog te zien. 'Dit is toch hartstikke zinloos. De milieudienst of weet ik wat voor dienst meet de waterkwaliteit toch al...' Foeterend klom ze op de oever.

Kim keek naar Sprotje. 'Ga jij naar haar toe? Naar mij luistert ze toch niet.' Maar Sprotje aarzelde, en Kim zei tegen Willem: 'Of ga jij?'

Willem maakte een wegwerpgebaar. 'Dat heeft helemaal geen zin bij die tuttebol. Je bent echt naïef, Kim.'

Steve sprong voor Kim in de bres. 'Melanie is Kims vriendin en ze hoort bij de Wilde Kippen. Ik vind het juist goed dat ze zich zorgen om haar maakt.'

Willem tikte tegen zijn voorhoofd, maar rende toen toch achter Melanie aan. 'Melanie!'

Met haar schepnetje in de hand bleef Sprotje besluiteloos staan. Steve pakte het van haar af en liep met zijn camera in de ene en het netje in de andere hand naar Kim, die al in het water stond.

Kim keek Sprotje smekend aan, en Sprotje gaf meneer Groenewoud een teken en ging achter Willem en Melanie aan. Achter haar rug hoorde ze het gelach van Steve en Kim,

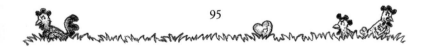

vermengd met het klotsen van het water.

Willem pakte Melanie bij haar schouder. 'Doe toch niet altijd zo tuttig.'

Melanie rukte zich los en rende een paar bomen verder.

Sprotje keek om. In de rivier was een van Kims laarzen in de modder blijven steken. Op één been balancerend en steunend op Steve probeerde ze haar laars te redden.

Willem hurkte naast Melanie. 'Wat heb je nou?'

Melanie schudde haar hoofd.

'Je huilt.' Willem aaide over haar haren. Maar Melanie schudde zijn hand af.

Sprotje wurmde zich tussen twee struiken door. 'Wat is er dan, Melanie?'

Melanie huilde echt. Zwijgend, met schokkende schouders van het huilen, wees ze naar een dood jong vogeltje, dat naast een boomwortel lag. Het was nog helemaal roze en de weinige veertjes zagen eruit als schurftig vel. Zijn troebele zwarte oogjes waren veel te groot voor de rest van zijn lichaam. Melanie was altijd de mooiste, de stralende schoonheid in eigen persoon, degene die hard werkte om dag in dag uit in de laatste mode te kunnen lopen. Ze was altijd perfect opgemaakt en kon glimlachen als een topmodel. Maar nu zat ze met modderlaarzen aan in het bos te huilen om een half weggeteerd vogeljong. Sprotje wist zich geen raad.

Willem klapte zijn zakmes open en groef er een gat mee. Met een dor takje duwde hij het vogeltje in het graf, en met zijn mes schoof hij er wat aarde overheen. 'Beter?'

Melanie haalde snotterend een zakdoek uit haar zak en trok haar laarzen uit. Op haar sokken op de bosgrond ging ze

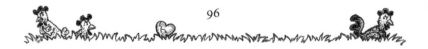

haar bloemetjeslaarzen staan schoonmaken.

Opeens was Willems geduld op. 'Mel, zeg nou toch einde-lijk eens wat er aan de hand is. Zo gaat het niet meer tussen ons.'

'Willem, ik denk, ik...' Melanie maakte haar zin niet af.

Van beneden riep Steve: 'Willem, Melanie, Opperkip, ko-men jullie nog een keer omlaag?!'

'Weet je wat ik denk?' Willem klapte zijn zakmes dicht. 'Dat het uit is tussen ons.' Hij borg het mes op. 'Als je een an-der hebt, zeg het dan gewoon. Gewoon recht voor z'n raap. Dan kan ik je tenminste een mooi leven wensen.' Willem ren-de terug naar de beek.

Sprotje sloeg een arm om Melanie heen. 'Zullen we maar liever bij de bosgroep gaan? Je hebt nu vast geen zin om met Willem watermonsters te nemen.'

Melanie knikte en trok haar laarzen weer aan. Ze bleef op een afstandje staan wachten terwijl Sprotje het tegen meneer Groenewoud ging zeggen.

'Laat me raden,' zei meneer Groenewoud, terwijl hij een etiket op een van zijn potjes plakte. 'Je wilt liever bij Fred in de groep, heb ik gelijk?' Hij keek naar Melanie, die vijandig naar Willem stond te kijken. 'En Melanie in geen geval bij Willem?'

Om het eenvoudig te houden knikte Sprotje maar van ja.

'Oké, doe Sarah... mevrouw Rooze, bedoel ik, de groeten. En zeg maar dat ik zoals afgesproken met de riviergroep de spullen voor de picknick meebreng.'

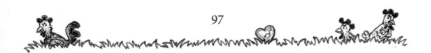

Sprotje en Melanie zetten de pas erin. Algauw hoorden ze de stemmen van mevrouw Rooze en Fred en nog een paar anderen.

Om een sector af te zetten, spanden Sprotje, Roos, Lisa en Melanie aan de hand van de gekopieerde plattegrond het wapperende rood-witte lint tussen de bomen.

Maar midden onder het werk was Lisa opeens verdwenen.

'Alsof ze door de grond gezakt is.' Roos draaide een rondje om haar as.

Op dat moment hoorden ze in de verte iemand roepen. Ze baanden zich een weg door het struikgewas, lieten zich van een steile helling glijden en belandden in een smalle, begroeide geul.

'Nu zijn mijn kleren voorgoed naar de maan,' klaagde Melanie.

'Zo te zien is hier een eeuwigheid geleden een mijngang ingestort.' Sprotje schudde een hele berg dennennaalden uit haar schoenen. Van bovenaf was de dichtbegroeide kom bijna niet te zien.

Een paar meter verderop stond Lisa tegen een paal geleund te declameren: '*Door deze holle straat moet hij komen.*'

OUDE MIJN. TOEGANG VERBODEN! verkondigde het bord boven Lisa's hoofd.

Achter haar ontdekte Sprotje een deur van houten latten, die scheef in een betonnen, met mos begroeide deurpost hing. Sprotje trok de deur een klein beetje open. 'Dit is de oude mijn.'

'Zullen we naar binnen gaan?' Roos wurmde zich door de opening en viste het zaklampje van Willem uit haar broekzak.

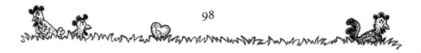

In de smalle lichtbundel waren alleen losse stenen en een stuk van de gang te zien, die naar pikzwarte duisternis leidde.

'Je hebt nog steeds die zaklamp van Willem,' zei Melanie met een gevaarlijke ondertoon in haar stem.

'Jij hoefde hem niet.' Roos scheen Melanie in haar ogen. 'Je mascara is doorgelopen.'

Ze kwamen de gang weer uit en klommen door de geul omhoog.

'Weet je wat ik hier het irritantste vind?' Lisa keek tussen de boomtoppen door naar de lucht. 'Dat ik niet weet of dat castingbureau nou gebeld heeft of niet.'

'Hollywood staat natuurlijk allang op je voicemail,' zei Melanie, waarna ze er, ernstiger, aan toevoegde: 'En wat nou als ze je nemen? Het is toch een hartstikke grote rol in die serie?'

Lisa gooide een handvol bladeren in de lucht. 'Dan kan die school me wat, diploma of geen diploma.'

'Laat je moeder dat maar niet horen.' Boven aan de helling stond mevrouw Rooze. 'En haal het niet in jullie hoofd om daar naar binnen te gaan. De oude mijn is verboden terrein, begrepen? Aan het eind van de week horen we er alles over van meneer Menger in het mijnbouwmuseum.'

Samen met mevrouw Rooze liepen ze langs het afzetlint terug naar de anderen.

Intussen hamerde mevrouw Rooze er bij Lisa op dat ze toch vooral haar diploma moest halen, wát ze later ook van plan was. 'Iemand die zo goed kan leren als jij. En dan ben je nog steeds jong genoeg om naar de toneelschool te gaan.'

Bijna tegelijk met meneer Groenewoud en de riviergroep kwamen ze op de open plek waar ze zouden picknicken.

'Fred,' riep meneer Groenewoud. 'Help je ons even met het drinken?'

Fred gooide zijn jas op zijn rugzak en stak de handen uit de mouwen.

Sprotje was de hele tijd al ongeconcentreerd geweest, op de een of andere manier was ze er niet helemaal bij met haar hoofd. Nu wist ze waarom. Het kwam door dat briefje. Het briefje in Freds jaszak.

Sprotje liet haar regenjas naast Freds rugzak op de grond vallen en vouwde hem op. Intussen viste ze het briefje uit Freds jaszak en las wat erop stond. *Openluchtbad. Middernacht in de maneschijn. Je kan door de keuken naar binnen en naar buiten.* Sprotje draaide het briefje om. Op de achterkant stond een rood kusmondje boven de woorden *Sleutel buiten onder de leeuw.*

'Wie wil er prik?' hoorde ze achter zich meneer Groenewoud roepen. Vlug stopte ze het briefje terug in Freds jaszak.

Uitgeput van de lange dag in het bos en bij de rivier sleepten de Wilde Kippen zich de trappen op naar hun kamer. De avondzon wierp gouden stralen door de smalle raampjes op de gang.

'Ik vind het eigenlijk best leuk hier,' zei Kim. Ze bleef staan voor een van de ramen. 'Daar. Tussen de bomen. Je kan de rivier van hieruit zien.'

'Best leuk?' Melanie greep naar haar hoofd. 'Door de modder banjeren en met watermonsters sjouwen?'

'Nee, rubberlaarzen en regenjassen, dat is niet Melanies stijl.' Roos deed de deur van hun kamer open. 'Nee hè!' riep ze.

'Nee hè,' herhaalde Lisa. 'Die dombo's van een Pygmeeën.'

Roze toiletpapier lag door de hele kamer verspreid. Het was om de bedden gewikkeld en hing als spinnenwebben aan de lampen. Het raam ging schuil achter een roze gordijn en de tafel was net een roze mummie op vier pootjes.

Kim pakte haar wekker uit. 'En ik dacht dat de Pygmeeën zich aan onze afspraak zouden houden,' zei ze.

'Dit is veel te kinderachtig voor de Pygmeeën.' Roos pluk-

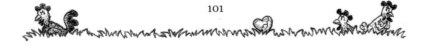

te roze wc-papier van de kastdeur. 'Dit heeft die Lilli met die club van haar natuurlijk gedaan. Wacht maar, we zetten het ze wel betaald.'

Sprotje liet zich op haar roze bed vallen. 'Wij staan toch zeker boven dat babygedoe? Hé, wat is dit?' Ze voelde onder zich. 'Getver. Ze hebben rauwe eieren in mijn bed gestopt!'

Ook Lisa, Kim, Melanie en Roos vonden eieren onder hun kussen.

'Net als toen op de manege! Alleen de paardenpoep ontbreekt nog. Die rottige Wilde Kuikens,' zei Roos kwaad.

Ze legden de rauwe eieren op tafel in een roze nest van wc-papier.

'Dat waren ze denk ik allemaal,' zei Melanie. Ze trok haar bloemetjeslaarzen uit en glipte in haar chique ballerina's. 'Ieeeh!' Meteen schopte ze de linkerschoen weer uit.

'Oog...' begon Roos.

'Nee, nog een ei, idioot!' Melanie rukte het raam open en kieperde de eierprut uit haar schoen. Niemand besteedde aandacht aan de verontwaardigde schreeuw die van de binnenplaats omhooggalmde.

'Mij best, ei om ei dan.' Roos gaf Melanie een prop wc-papier om haar voet mee schoon te maken.

'Ik maak die ettertjes af,' siste Melanie.

Op hetzelfde moment trapte Kim op een ei dat naast een stoel op de grond lag. Ze maaide wild met haar armen, verloor haar evenwicht en trok in haar val het roze nest met inhoud mee. Nu was de smeerboel helemaal compleet, maar Kim hield haar buik vast van het lachen. Gelukkig had ze zich geen pijn gedaan.

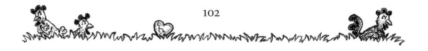

'Het is helemaal niet leuk.' Melanie stond met haar schoen te zwaaien. 'Kijk dan. Die ballerina's waren zo goed als nieuw. Ik haat die stomme kinderen, ze zijn er alleen maar op uit om anderen het leven zuur te maken. Ik zal ze eens...' Ze pakte Kims pet, bukte zich en kletste de hele wc-papier-eierprut er-in.

'Hé, mijn pet, die is ook zo goed als nieuw hoor,' protesteerde Kim.

Sprotje pakte Melanie bij haar arm. 'Wat doe je nou?'

'Ik smijt het die kleine klieren in hun gezicht!'

Sprotje wilde Melanie haar plan uit het hoofd praten, maar opeens kreeg het oude Wilde Kippen-gevoel haar te pakken. Het was net als blootsvoets door de sneeuw lopen, als naast de caravan in het gras liggen en de wolken namen geven, als pudding eten met je handen en je er niet om bekommeren of je nu eigenlijk volwassen was of niet. Sprotje, Roos, Kim, Melanie en Lisa waren weer een echte club. En dat was een heerlijk gevoel.

'We maken eerst schoon,' zei Sprotje, 'en intussen bedenken we een plan.'

Lisa salueerde. 'Tot uw orders, Opperkip.'

Kim gooide haar pet leeg in de prullenbak, en toen legden ze allemaal hun hand op het kippenveertje om hun hals en zeiden plechtig: 'Ik zweer de geheimen van de Wilde Kippen met hand en tand te verdedigen en nooit te verraden, of ik mag ter plekke morsdood neervallen.'

Die avond sloop Sprotje door de gang en de trap af. Op de deur van de kamer van Lilli, Bob en Verena hing een viltstift-

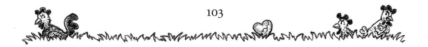

tekening: een dikke kip die vluchtte voor drie kuikens. Eronder stond: *Hier wonen de wilde kuikens, binnenkomen op eigen riziko, vooral Kippen.* Sprotje bleef even aan de deur staan luisteren. Binnen werd zachtjes gefluisterd. Hun kwelgeesten waren dus nog wakker. Sprotje liet de kamer van de Kuikens links liggen.

Gelukkig had Roos haar Willems zaklamp meegegeven, daarom hoefde ze geen licht aan te doen toen ze een minuut later de donkere keuken in stapte. Als we dat geweten hadden, dacht ze, hadden we die eierprut bewaard. De lichtbundel van het zaklampje schoot kriskras door de keuken. Daar was de achterdeur, daar de reusachtige koelkast, het aanrecht, een draaibare kast, een monsterlijk groot gasfornuis en de smalle deur van de voorraadkast. Sprotje had haar hand al op de greep van de koelkast toen ze voetstappen dichterbij hoorde komen. Ze wist nog net op tijd de voorraadkast in te glippen voor de keukendeur openging. Door het ventilatieroostertje viel een beetje licht naar binnen. Sprotje hoorde de stem van haar moeder.

'Dus Jan heeft zich weer teruggetrokken in zijn kamer?'

'Het is mijn schuld.' Dat was mevrouw Rooze.

Sprotjes moeder deed de koelkast open. 'Tja, hier hebben ze alleen limonade, melk of sap. Ik drink toch het liefst melk, maar als jij wijn wilt moeten we het misschien even bij Max gaan vragen.'

'Laat maar.'

De deur van de koelkast ging rammelend weer dicht. Sprotje vroeg zich af sinds wanneer haar moeder van melk hield.

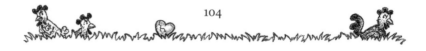

Een paar seconden was alleen het gerinkel van glazen en flessen te horen.

'Jan heeft me gisteren ten huwelijk gevraagd,' zei mevrouw Rooze peinzend. 'Na dat gedoe met Mat. Op mijn kamer. Ik lag boven in het stapelbed en hij onder.'

'Het toppunt van romantiek.' Sprotjes moeder nam een slok. 'En?'

'Ik deed alsof ik sliep,' antwoordde mevrouw Rooze. Ze klonk nu echt een beetje radeloos.

'Hoezo, je deed alsof je sliep?'

'Gewoon, ik deed alsof ik al in slaap gevallen was.'

Het reuzenpak cacaopoeder op de plank naast Sprotje verspreidde een heerlijke geur.

'Wat zei Jan dan, ik bedoel, welke woorden gebruikte hij?'

Glurend door het ventilatierooster zag Sprotje de rug van haar moeder. Mevrouw Rooze schraapte haar keel en zei toen zo snel dat Sprotje het in haar schuilplaats maar met moeite kon verstaan: 'We hadden het licht al uitgedaan en ik sliep echt al bijna, het was ook een zware dag geweest, die busrit en dan die opwinding vanwege Mat. Hoe dan ook, ik lag in het bovenste bed en hij in het onderste en hij zei dat hij het al had geweten toen hij me de eerste keer op het schoolplein zag. We hadden allebei pauzedienst. En dat we nu al twee jaar bij elkaar zijn...'

Net als Fred en ik, dacht Sprotje onwillekeurig. Ze duwde haar oor dichter tegen het rooster.

'En toen zei hij zonder adem te halen, zonder punt of komma *Sarahikhouvanjedaaromwilikjevragenikwoujedusvragenof jemijnvrouwwiltworden.*' Mevrouw Rooze haalde adem. 'Zo-

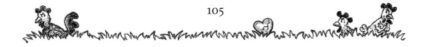

iets in elk geval.' Ze bleef even stil en ging toen verder: 'Toen ging hij liggen wachten. En ik lag daar als versteend. In het bed boven hem. En toen begon ik zachtjes te snurken en dat was dat.' Ze slaakte een diepe zucht.

Sprotjes moeder zweeg.

'Ik ben zo'n lafaard,' zei mevrouw Rooze. Daarna bleef het een eeuwigheid stil.

Sprotje hield haar adem in. Zij was net zo'n lafaard. En de lafaard in de voorraadkast hoorde haar eigen hart zo hard kloppen dat ze dacht dat haar moeder en mevrouw Rooze het ook moesten horen.

'Komt het door die Max?' vroeg Sprotjes moeder uiteindelijk. 'Die schijnt nogal op je te vallen.'

'Ach, die is toch veel te jong. Trouwens...' mevrouw Rooze dacht even na. 'Jan en ik horen bij elkaar, maar om de een of andere reden ben ik bang voor deze beslissing, het is wel voor de rest van mijn leven...'

Weer volgde een lange stilte. Sprotjes maag knorde. Dat kwam zeker door die cacaogeur. Gelukkig hoorde niemand het.

'En met jou?' vroeg mevrouw Rooze. 'Hoe gaat het met jou? Heb je nog iets van Sprotjes vader gehoord?'

Sprotjes moeder begon eerst heel hard te lachen en zei toen heel zacht: 'Het liefst zou ik ook doen alsof ik sliep.'

Sprotje drukte haar voorhoofd tegen het rooster. Ze zag hoe haar moeder en mevrouw Rooze even hun armen om elkaar heen sloegen. Daarna ging mevrouw Rooze de keuken uit.

Sprotjes moeder pakte een koekenpan en zette die op het gasfornuis. 'Wil je ook roerei met ui, Sprotje?'

Sprotje verstijfde. Ze had het zeker niet goed verstaan.

Maar haar moeder trok de deur van de voorraadkast al open. 'Eens kijken waar de uien zijn. Ach, daar zul je mijn dochter hebben.'

'Hoe lang weet je al dat ik hier zit, mam?' vroeg Sprotje met een klein stemmetje.

Sprotjes moeder haalde haar schouders op en pakte twee uien uit een mandje. Sprotje hielp haar zoeken naar een snijplank en een geschikt mes.

'Hoe was je dagtocht?'

'Rondrit door het veengebied. Een bus vol bejaarden, die alleen wilden weten waar het volgende café was.' Sprotjes moeder pelde de uien. 'Terwijl er prachtige heide te zien is, en turfputten, dat is waar ze vroeger turf staken. Heel interessant.'

'Je klinkt al net als Groenewoud.'

'Als je dat daarnet gehoord hebt, dan hou je het voor je, oké?'

Sprotje knikte. Zonder dat haar moeder het zag draaide ze aan de knop van de achterdeur. Je moest hem twee keer omdraaien. Zo kon je de deur van binnenuit openen. Als je buiten stond had je natuurlijk de sleutel nodig.

'En? Wou je nou roerei of niet?' Sprotjes moeder gooide een klontje boter in de pan.

'Nee, dank je. Maar wel chocolademelk!'

Sprotje haalde het reuzenpak cacaopoeder uit de voorraadkast en melk uit de koelkast.

'Rare dingen eigenlijk, uien.' Haar moeder sneed de uien doormidden. 'Ze hebben een dun vel, met daaronder heel

veel lagen. En ze maken je aan het huilen.'

Net als mensen, dacht Sprotje.

'Net als mensen,' zei haar moeder, terwijl ze met de rug van haar hand de tranen uit haar ogen wreef. 'En waarom sluip jij hier 's nachts eigenlijk rond? Pieker je over Fred?'

'Ik had gewoon dorst.' Sprotje nam een slok chocolademelk. De poeder was niet helemaal opgelost in de koude melk. Normaal had Sprotje een gruwelijke hekel aan cacao-eilandjes in de melkzee, maar nu kon het haar niet schelen.

'Jij bent nog slechter in liegen dan ik in koken.' Sprotjes moeder veegde de uisnippers van de snijplank in de pan en brak er drie eieren boven.

Sprotje zette het lege glas in de gootsteen en draaide de kraan open.

'Ik was straks wel af,' zei haar moeder, roerend in de pan.

'Oké.' Sprotje probeerde zo min mogelijk te liegen. 'We houden een gezellige meidenavond en ik heb een paar eieren nodig. Mel kwam plotseling op het idee om ons een gezichtsmasker te geven.'

'Als het in dienst staat van de schoonheid.' Sprotjes moeder gaf haar de doos met eieren en legde de inhoud van de pan op een groot bord. 'Gek, daarnet had ik zo'n honger en nu...' Kreunend keek ze naar de berg roerei.

Sprotje liep met de eierdoos naar de deur. 'Tot morgen, mam.'

Haar moeder proefde van haar roerei en trok een gezicht. 'Als er iets is, Sprotje...'

'Ik weet het, mam.' Met die woorden maakte Sprotje zich uit de voeten.

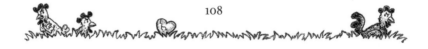

Op de kamer zaten de andere Wilde Kippen ongeduldig op haar te wachten.

'Waar bleef je nou zo lang!' Kim roerde met een kleerhanger in de oude emmer met aangekoekte verf uit het koetshuis.

'Jullie hebben alles dus gevonden.' Sprotje gaf de eieren aan Lisa en gooide het lege behangplakseldoosje in de prullenmand.

Melanie zat haar nagels te lakken.

'Mooie kleur rood.' Typisch Kim. Die vond alles mooi aan Melanie.

'Salsarood heet het, het verstevigt de structuur van de nagels en maakt ze blijvend gezond.' Melanie speelde even voor roofdier, liet haar klauwen zien en begon toen haar nagels droog te blazen.

Roos zette het raam open. 'Voor we doodgaan aan nagellakvergiftiging.'

'Laat nog een beetje over, Mel,' zei Lisa, die de eieren brak en in het behangplaksel liet plonzen. Kim roerde ze er met een vies gezicht door.

Ook Roos liet een ei in de emmer glijden. 'Dat plakt vast als de pest!'

Kim had rode wangen van opwinding, Lisa's ogen fonkelden avontuurlijk, Melanie was mooier dan ooit en Roos was veel minder serieus dan ze de afgelopen dagen was geweest. Sprotje grijnsde. 'Het is echt weer zoals vroeger.'

'Maar het is nog steeds leuk, Opperkip!' antwoordde de hele club.

En het was ook leuk om bewapend met de emmer en Melanies nagellak door de nachtelijke jeugdherberg te sluipen

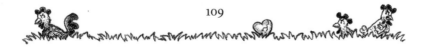

en telkens te moeten blijven staan om met een hand voor hun mond te lachen, omdat het anders te veel herrie maakte.

Ze waren nog maar een paar stappen van de deur met die belachelijke tekening van de dikke kip verwijderd toen er een paar hoge hakken de hoek om kwamen getrippeld.

De Wilde Kippen verstopten zich snel achter het gordijn voor een van de ramen op de gang.

'Gelukkig ben ik hun lerares Nederlands niet.' Dat was de stem van mevrouw Rooze. Kennelijk had ze de spelfout op de tekening op de deur van de Kuikens ontdekt.

'Ik zou zelfs van je houden als al je leerlingen analfabeten waren,' zei een mannenstem.

'Was dat Max?' fluisterde Kim naast Sprotjes oor.

'Nee, Groenewoud,' fluisterde Melanie.

'Sst,' siste Kim.

'Wat was dat?' zei de man. Het was inderdaad meneer Groenewoud.

'Ik hoorde niets,' antwoordde mevrouw Rooze. 'Alleen een liefdesverklaring.'

'Ga niet met hem naar Samarkand.'

'Met Max?'

Meneer Groenewoud gaf geen antwoord.

'Je bent toch zeker niet jaloers, Jan?'

Lisa loerde door de spleet tussen de gordijnen en beeldde uit wat ze zag door met haar lippen een kusmondje te vormen.

'Hartstochtelijke liefde,' fluisterde Kim in Sprotjes oor.

'Benieuwd hoe lang het duurt,' fluisterde Roos rechts van Sprotje.

'We kunnen samen voetbal gaan kijken,' stelde meneer Groenewoud voor. 'Je houdt toch van voetbal? Dat zei je zelf.'

'De eerste helft is toch al bijna om?' Mevrouw Rooze klonk onzeker.

'Ik heb het opgenomen. De tv in de begeleidersruimte heeft een geïntegreerde harde schijf. Kom mee. Alleen wij tweeën. Ik heb zelfs van die geroosterde pinda's die je zo lekker vindt. En champagne. Voor als we winnen.'

Mevrouw Rooze bleef even stil. 'Beter van niet. Ik moet morgen vroeg op.'

Ze wil niet met hem alleen zijn, dacht Sprotje, terwijl de voetstappen van Groenewoud en Rooze zich verwijderden.

De Wilde Kippen kwamen achter het gordijn vandaan.

'En als Rooze en Groenewoud op hun controleronde merken dat we helemaal niet op onze kamer zijn?' Kim beet nerveus op haar lip.

'Ze luisteren alleen even aan de deur, meer hebben ze bij die daar ook niet gedaan.' Sprotje wees met haar duim naar de deur van de Wilde Kuikens. 'Kom op, laten we het doen.'

En ze deden het.

De hele actie was in totale stilte verlopen en had nog geen vijf minuten geduurd. Tevreden grinnikend slopen de Wilde Kippen de trap op naar hun kamer.

Toen Kim in bed kroop vond ze onder haar kussen een cd. 'Heeft een van jullie die daar neergelegd?'

De Kippenvriendinnen schudden hun hoofd.

Melanie gooide haar lege nagellakflesje in de prullenbak. 'Je hebt vast een geheime aanbidder,' zei ze.

Kim leende Roos' draagbare cd-speler, haalde de Willem Tell-cd eruit, stopte haar vondst erin en stak de oordopjes in haar oren. Al na een paar seconden begon ze te stralen. 'Een echte lovesong!'

Lisa kroop behaaglijk onder de dekens. 'En ik maar denken dat Steve Engelse grammatica voor je op een cd gebrand had.'

Kim hoorde haar niet. 'Is van Steve, zelfgeschreven.' Ze sloeg haar deken om zich heen en neuriede zachtjes mee met de muziek in haar oren.

'Zal ik het licht uitdoen?' Sprotje rekte zich uit naar het lichtknopje. 'Jemig, wat heb ik een jeuk.'

'Gek, ik ook,' klaagde Roos naast Sprotje. 'Heb jij luizen?'

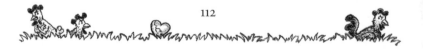

'Dan heb ik ze ook.' Lisa trapte de dekens van zich af.

Kim plukte de dopjes uit haar oren en probeerde met een verdraaide arm bij haar rug te komen. 'Wil iemand even krabben?'

Melanie kwam met een sprong van haar bovenbed. 'Het moet in het beddengoed zitten.'

Nu krabden ze alle vijf zichzelf of elkaar, en ze waren het er snel over eens dat ze het slachtoffer van een jeukpoederaanval waren. Maar hoe harder ze krabden, hoe erger het jeukte.

'Dat heeft geen zin zo.' Melanie pakte haar toilettas en handdoek en de anderen volgden haar voorbeeld.

Wat een opluchting! De Wilde Kippen stonden onder de douche en zeepten zich al voor de derde keer in met douchegel.

'Dat waren die stomme Kuikens natuurlijk weer!' Kim wrong haar haren uit.

Roos had een witte schuimbaard. 'Ze moeten de jeukpoeder gestrooid hebben toen ze ook die eieren in onze kamer verstopten.'

Sprotje schudde haar hoofd. 'Ik zeg maar één ding: onze eerste werkweek.'

'Sprotje heeft gelijk,' zei Melanie. 'Ik zet mijn geld ook op de Pygmeeën.' Ze wond haar handdoek om haar hoofd en zag eruit als een Indiase prinses.

'Geen clubactiviteiten, hadden we toch afgesproken?' zei Roos, met druipende baard.

'Kims cd bewijst dat de jongens tijdens onze actie bij de Kuikens in onze kamer zijn geweest.' Maharani Melanie hul-

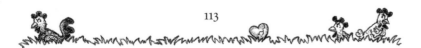

de zich met haar spuitdeo in een wolk van geur. 'Steve in elk geval.'

Kim weigerde het te geloven. 'Zulke dingen doet Steve niet.'

'O,' sprak Lisa tegen, 'wie was er dan zo stom om wodka mee te nemen?'

Roos draaide de kraan dicht. 'En wat doen we nu?' vroeg ze.

Sprotje wreef haar haren droog. 'We verslaan ze met hun eigen wapens, net als toen.'

'Net als altijd,' vulde Lisa stralend aan. 'De Wilde Kippen tegen de Pygmeeën. Net als vroeger.'

Even later liepen vier Wilde Kippen in schone pyjama's tussen de bedden heen en weer en meden elk contact met het beddengoed. Maar Sprotje kleedde zich bliksemsnel aan, ging de gang op en klopte op de deur van de Pygmeeën.

Fred deed open. 'Sprotje? Jij?' grijnsde hij verbaasd. 'Wat brengt jou hier?'

Achter hem kwam Willem de kamer uit. 'Hebben jullie nog batterijen?' Hij schudde een zwijgende radio heen en weer. 'Straks is de tweede helft alweer afgelopen.'

Eigenlijk was Sprotje heel slecht in liegen, maar nu werd het haar wel makkelijk gemaakt. 'Groenewoud zit beneden helemaal in zijn eentje in de begeleidersruimte. Hij heeft de wedstrijd opgenomen en zit nu te kijken. Dat kwam ik alleen even zeggen.'

Nu kwam ook Steve naar buiten. 'Die vindt het vast wel goed als we meekijken. Kom op mannen, opschieten!'

Willem en Steve holden alvast vooruit. Fred pakte Sprotjes hand. 'Wat aardig van je.'

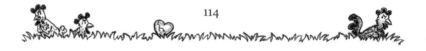

114

Hij wilde Sprotje naar zich toe trekken en kussen, maar Sprotje kon alleen maar aan het kusmondje op het briefje denken. Ze keerde zich van Fred af en rende terug naar de Kippenkamer.

Ze wachtten nog een minuutje; daarna gingen de vijf Kippen op pad. Met plastic zakjes om hun handen sleepten ze hun van jeukpoeder vergeven beddengoed naar de kamer van de Pygmeeën, om het te ruilen tegen dat van de jongens.

'Ik neem Steves beddengoed,' zei Kim.

'Wat een verrassing,' smaalde Melanie, die Willems lakens en kussen van zijn bed griste.

Sprotje hees Freds beddengoed als een plunjezak op haar schouder en Roos wikkelde kussen en dekens in het laken van Mats onbeslapen bed.

'Nu Lisa nog.'

Want in de kamer van de Pygmeeën stonden maar vier bedden.

'Ik heb een slaapzak bij me, die geeft mijn moeder altijd mee.' Lisa rolde met haar ogen en hielp de jeukpoederkussens, -dekens en -lakens op de bedden van de Pygmeeën te leggen.

Niet veel later strekten de Wilde Kippen zich tevreden uit op hun jeukvrije bedden. Sprotje deed het licht uit, en Kim zuchtte: 'Wat een dag.'

Toen werd het stil.

Sprotje keek op haar horloge. Het was half twaalf. Haar vriendinnen waren diep in slaap. Sprotje trok Freds deken om zich heen en dutte even in. Maar meteen schoot ze overeind om te

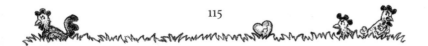

luisteren. Dat was de torenklok. Ze wreef haar ogen uit. Het was middernacht.

Met haar sportschoenen in haar hand liep Sprotje de trap af naar de keuken. De lichtgevende groene cijfers van de klok aan de muur gaven nul uur vier aan. Sprotje draaide de knop van de achterdeur twee keer om. Koele nachtlucht waaide haar tegemoet. Om te voorkomen dat de deur dichtviel zette ze haar schoenen tussen de deur en de deurpost. Het duurde even, maar uiteindelijk duwde Sprotje een paar klimopranken opzij en vond ze wat ze zocht. Ze tilde de kleine stenen leeuw van zijn sokkel. Er lag inderdaad een sleutel onder. Sprotje probeerde of hij in het slot paste en legde hem weer op zijn plaats onder het roofdier. Nu pas trok ze haar schoenen aan. Op de tast liep ze langs de muur, de hoek om. Ze stak de binnenplaats over en liep onder de poort door. Bij het bruggetje over de rivier volgde ze de pijl naar het zwembad.

VERBODEN VOOR ONBEVOEGDEN stond er op een verroest bord op de houten schutting. Sprotje overwoog even om gewoon naar de ingang te lopen, maar besloot toen de andere kant op te gaan. In het vale licht van de vollemaan liep ze langs de schutting en probeerde niet op de vele slijmerige naaktslakken in het gras te trappen. Ze stond al op het punt om terug te gaan toen ze een losse plank in de schutting ontdekte. Ze schoof de plank aan de kant, kroop door het gat en kwam terecht in een bosje kruipdennen. Sprotje hoorde stemmen. Gelach. Niet ver bij haar vandaan. Onder dekking van de dennen kroop ze verder langs de schutting. Nu zag ze het zwembad. Grillige vlekken maanlicht dansten op het water, de duikplank stak zwart af tegen de sterrenhemel. Onder Sprotjes voeten knapten dennenappels. Bij het zwembad zag ze een grote groep jongeren. Sprotje kwam nog een beetje dichterbij. Nu kon ze zien dat ze om een laptop heen stonden. Ze maakten kreunende geluidjes en barstten om de haverklap in lachen uit. Ze kijken een seksfilm of zo, dacht Sprotje, terwijl ze nog een paar meter verder kroop. Onder aan de glijbaan zat een tweede groep. Sprotje wilde al aan de terugweg beginnen toen ze Fred ontdekte.

Sprotje greep een tak. Haar hand zat meteen onder de hars.

Met zijn trui om zijn schouders leunde Fred nonchalant tegen de trap van de glijbaan. Hij nam een slok uit een flesje bier. Een meisje, dat met de anderen zat te kaarten, stak haar hand naar hem uit. Fred gaf haar het flesje aan. Het meisje was Sabrina.

Voetje voor voetje kwam Sprotje nog wat dichterbij. Nu kon ze horen wat er bij de glijbaan gezegd werd.

'Ik wil je zien,' zei een jongen.

Sabrina schoot in de lach. 'Shit, ik blufte maar, Kevin.'

'Dat zijn dan drie kledingstukken,' antwoordde Kevin.

Sabrina schudde haar teenslippers van haar voeten. 'Een, twee en...' Ze trok haar T-shirt uit. 'Drie.'

Ze spelen strippoker, dacht Sprotje. Ze voelde gewoon dat Fred zijn ogen niet van Sabrina kon afhouden.

'Ik kap ermee, dit is te achterlijk,' zei de derde speler.

Sabrina stond op. 'Ik vind het eigenlijk ook wel een beetje kinderachtig.'

Sprotje kon het niet zien, maar ze wist dat Sabrina nu naar Fred glimlachte.

'Ik heb veel te slechte kaarten voor dit weer.' Sabrina schaterde en trok de trui van Freds schouders. 'Mag ik deze even lenen?' Met haar aanwinst rende ze om het speelplaatsje heen, recht op Sprotjes schuilplaats af. Fred zette de achtervolging in. Vlak voor de dennenhaag veranderde Sabrina abrupt van richting. Fred nam een duik en kreeg haar voet te pakken. Sabrina liet zich vallen. Fred en zij begonnen om de trui te vechten. Sabrina hield de trui vast en Fred Sabrina. In een kluwen rolden ze heen en weer tussen de wip en de draaimolen.

Sprotje voelde geen brandnetels aan haar blote enkels en merkte ook niet dat haar veters loszaten; ze rende alleen nog maar. Verder en verder langs de schutting rende ze, tot ze eindelijk bij de losse plank kwam. Ze kroop door het gat en rende weer door, zo hard als ze kon. Ze rende en rende. Elke ademhaling stak als een gloeiende naald in haar longen. Toch bleef ze rennen. Ze kon het bruggetje al zien toen ze door haar linkervoet zwikte en languit in het gras viel. Eén krankzinnig moment lang was ze blij met de stekende pijn in haar enkel. Alles was beter dan die gedachten. Fred en Sabrina. Sprotje krabbelde overeind en strompelde verder. Over de brug, het grindpad af naar het kasteel. De sleutel onder de leeuw, de donkere keuken, de trappen op naar de douches van de meisjes.

Ze moest nu echt die plakkerige dennenhars van haar handen wassen.

Sprotje stond voor de spiegel en liet het water over haar handen stromen. Opeens ging achter haar de deur open en daar stond Roos, knipperend met haar ogen tegen het felle licht in de doucheruimte.

'Sprotje?' Roos kwam dichterbij. 'Wat is er gebeurd?'

'Ik heb mijn voet verstuikt.' Sprotje probeerde te lachen, maar het werd huilen.

Roos sloeg haar armen om haar vriendin heen. Sprotje snikte en Roos hield haar net zolang vast tot ze weer een beetje rustiger kon ademhalen.

Roos rook naar Roos. Zo vertrouwd. Net als een eeuwigheid geleden in groep een, toen Sprotje en zij zich in de kast met muziekinstrumenten hadden verstopt. Of zoals toen op het bankje in het park, toen ze samen van huis weggelopen waren, maar niet verder waren gekomen dan de eerste straathoek. Zo vertrouwd als op al die avonden samen in de caravan van de Wilde Kippen. Sprotje veegde haar tranen af. Ze moest Roos de waarheid vertellen. 'Ik heb mijn enkel verstuikt – en mijn hart ook, geloof ik.'

Sprotje en Roos gingen naast elkaar op de brede, ouder-

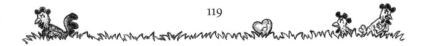

wetse radiator zitten. Sprotje hield haar voet boven de wasbak onder de koude kraan, met haar rug half tegen Roos en half tegen de betegelde muur.

'Omgekeerd eigenlijk. Eerst mijn hart en toen mijn voet.' De kloppende pijn in Sprotjes enkel was het minst erg.

'Het heeft dus met Fred te maken,' constateerde Roos.

Sprotje probeerde rustig te blijven ademen. 'Hij heeft iets met iemand anders.'

'Jongens denken maar aan één ding.' Roos zei het zo kernachtig dat Sprotje bijna moest lachen. Daardoor kon ze Roos eindelijk vertellen wat er op de dag van hun jubileum gebeurd was.

Midden in haar verhaal hoorden ze een geluid bij de deur. Sprotje strompelde zo snel als ze kon naar een douchehokje. Roos ondersteunde haar en trok het gordijn dicht.

Sabrina. Zachtjes neuriënd kwam ze binnen. Zonder Sprotje en Roos op te merken ging ze naar de wc, waste haar handen en vertrok weer.

'Ze blijft tenminste niet de hele nacht bij hem,' zei Sprotje bitter.

'Fred en... zij?!' Roos keek vragend naar de deur waardoor Sabrina verdwenen was.

'Sinds we aankwamen kijkt hij al zo naar haar. Of zij naar hem. En ze is natuurlijk superknap, en...'

Sprotje snoot haar neus. Ondanks haar langzaam opzwellende enkel voelde ze zich vreselijk opgelucht. Eindelijk was alles gezegd. Bijna alles. Sprotje keek naar Roos' vermoeide ogen. 'En hoe is het met jou?'

Roos staarde naar de muur, alsof ze de woorden van de te-

geltjes af las. 'Ik moet jou ook iets vertellen.'

'Je bent verliefd op Willem,' flapte Sprotje eruit.

'Nee joh!'

In de spiegel bekeek Sprotje het gezicht van haar vriendin. 'Het zijn mijn ouders.' Roos' lippen werden zo dun als streepjes. 'Mijn vader heeft een ander. Net als jouw Fred.'

'Soms is het best fijn om geen vader te hebben,' zei Sprotje, en op dat moment drong het tot haar door. 'Bij het tuincentrum, toen we met Freds opa stonden te praten, dat was dus toch jullie auto?'

Roos knikte verontschuldigend. 'En die vrouw, die bij papa in de auto stapte, was niet mijn moeder. Hij kuste haar. Ik heb het gezien!' Ze wreef in haar ogen. 'Sindsdien... Het is een hel bij ons thuis. Alleen ik merk het als hij stiekem zit te bellen. En als papa zegt dat hij moet overwerken, ben ik de enige die weet dat hij liegt. Snap je? Alles is net als altijd. Papa en mama spelen memory met Luca, ze maken plannen voor de vakantie, ze slapen samen. En intussen is het allemaal een leugen!'

Sprotje was zo met haar eigen problemen bezig geweest dat ze helemaal niet had gemerkt dat Roos ook zorgen had. Ze pakte Roos' hand. 'En nu weet je niet of je het tegen je moeder moet zeggen?'

'Ik ben zo bang dat ons gezin uit elkaar valt.' Roos dacht even na. 'Aan de andere kant moet ik mama wel de waarheid zeggen, anders ben ik net zo'n leugenaar als papa.'

Wat was dat ingewikkeld! Een hele tijd stonden de vriendinnen zwijgend naast elkaar.

'Ik heb het ijskoud,' zei Roos zacht.

'Ik ook.' Sprotje hinkte de gang op.

'Die voet van je ziet er niet goed uit. Moet ik je moeder roepen?' vroeg Roos bezorgd.

Sprotje schudde haar hoofd.

Om de anderen niet wakker te maken lieten ze het licht op hun kamer uit.

'Je moet met je voet omhoog liggen.' Roos vouwde haar trui op en stopte die onder Sprotjes verstuikte voet.

Na een tijdje fluisterde ze: 'Ik wilde niets laten merken. Ergens hoopte ik dat ik op de werkweek alles zou kunnen vergeten.'

Ik ook, dacht Sprotje.

'Vroeger zou het gelukt zijn, maar de Wilde Kippen en de Pygmeeën – het is gewoon niet meer zoals vroeger.'

'Maar wij tweeën,' fluisterde Sprotje, 'wij blijven altijd beste vriendinnen.'

Ze lagen allebei nog heel lang wakker.

De Wilde Kippen stonden in pyjama voor hun kamerdeur en telden de seconden af. Vijf paar ogen volgden de wijzer op Lisa's horloge.

'Vijf, vier, drie...' Lisa verzorgde de countdown. 'Twee, een, nul.'

Precies op tijd ging de Vivaldiwekker. Sprotje, Roos, Kim, Melanie en Lisa hielden hun adem in. Toen werd de stilte verbroken door een keiharde, driestemmige schreeuw.

'Lilli, Bob en Verena zijn wakker,' zei Lisa grijnzend.

Tevreden gniffelend sloegen de Kippen elkaar op de schouders. Even vergaten ze inderdaad al hun problemen.

Al deed Sprotjes voet nog zo'n pijn, ze sloop met de ande-

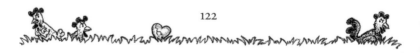

ren de trap af naar de verdieping onder hen. Een paar minuten stonden ze tevergeefs op de gang te wachten. De deur van de Kuikens bleef dicht.

'Gaat het met je voet?' vroeg Roos een kwartier later.

De hele kamer rook naar Melanies deo. De Kippen stonden zorgzaam om hun Opperkip heen en beklaagden Sprotje om haar liefdesverdriet, dat ze inmiddels ook aan de anderen had opgebiecht.

'Hopelijk is er niets gebroken,' zei Kim. Ze klonk als een ziekenverzorgster.

'Zo kan ik niet naar beneden.' Sprotje bekeek zichzelf in de spiegel op de kast. 'Ik zie er niet uit.'

'Je moeder is toch jarig vandaag?' zei Roos.

Dat was Sprotje helemaal vergeten.

Roos raakte haar arm aan. 'En als Fred nog iets voor je betekent, dan moet je eigenlijk...'

'Dan moet ik eigenlijk wat?' Sprotje wurmde haar dikke voet in haar schoen. 'Wat moet ik dan?'

'Naar de dokter gaan misschien,' opperde Kim.

Dat had Sprotje niet gehoord. 'Hij heeft zijn zin nu toch?'

'Helemaal niet,' zei Roos.

'Ik heb het zelf gezien.'

'Wat heb je gezien?' Roos gaf het niet op.

'Hij kuste haar. En weet ik veel wat nog meer.'

Roos zette haar zonnehoed op en stopte Willems zaklamp in haar zak. 'Nou, als ik jou was zou ik voor hem vechten.'

'Hoe dan? Wat ik ook doe, ik doe het toch verkeerd.'

'Je doet helemaal niets verkeerd. Je wilde die dag niet en dat heb je tegen hem gezegd. Wat is daar verkeerd aan?'

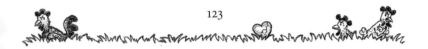

'Sabrina doet alles goed. En ze ziet er supergoed uit.' Vanaf de kast keek haar eigen spiegelbeeld Sprotje radeloos aan. Ze had dikke ogen van het huilen en haar haar was een ramp.

'Maar niet half zo goed als jij als ik je een klein beetje op-maak.' Melanie lachte Sprotje bemoedigend toe en klapte haar beautycase open.

Ter ere van de verjaardag van Sprotjes moeder ontbeten ze onder de oude kastanje in de tuin. Over twee gietijzeren ka-nonnen voor de kasteelmuur lag een brede plank, waarop een kleurig tafellaken was uitgespreid. Daar was een klein buffet aangericht. Nicole en Noor gapten een handje druiven terwijl meneer Groenewoud en mevrouw Rooze Sprotjes moeder fe-liciteerden. Steve pakte zijn camera en begon te filmen.

'Van Sarah en mij.' Meneer Groenewoud wees naar de taart in mevrouw Roozes handen. 'Helemaal zelf voor jou ge...'

'...kocht,' viel mevrouw Rooze hem in de rede.

Meneer Groenewoud gebaarde naar de brandende kaarsjes op de taart. 'Helemaal zelf aangestoken. Gefeliciteerd met je verjaardag, Sylvia.'

'Ik weet gewoon niet wat ik moet zeggen.' Ontroerd hield Sprotjes moeder de taart omhoog, zodat iedereen hem kon zien.

'Je hoeft niets te zeggen, je moet blazen.' Mevrouw Rooze begon *Happy Birthday to you* te zingen en iedereen zong mee. Alleen Steve en Willem maakten ruzie over een buitenspel-doelpunt tijdens de voetbalwedstrijd van gisteravond.

Nu ontdekte Sprotje ook Fred, die een eindje verderop te-gen de muur geleund stond. Ze staarden allebei naar de bran-

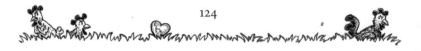

dende kaarsjes en keken elkaar toen heel even in de ogen. Sprotje moest denken aan de taart die Fred haar voor haar verjaardag had gegeven. Fred keek vlug weer de andere kant op.

Sprotjes moeder blies de kaarsjes uit en riep: 'Eet smakelijk allemaal.'

Sprotje wilde net naar haar moeder hinken om haar te feliciteren toen iedereen in lachen uitbarstte.

'O jee!' Kim trok Sprotje opgewonden aan haar mouw.

Mevrouw Honing kwam de kasteelpoort uit, gevolgd door drie vreemde figuren. Lilli, Bob en Verena hadden eigeel haar, waarin witte donsveertjes plakten. Hun neuspuntjes waren salsarood gekleurd.

'Moet je dat zien,' proestte Roos, die Sprotje een kopje thee kwam brengen. 'Drie hele wilde kuikentjes.'

'Besmeurd met pek en veren.' Lisa lachte zich slap. 'Beter gezegd, met eierprutbehangplaksel en veren.'

'Geef maar een gil als jullie nagellakremover nodig hebben,' riep Melanie naar de Kuikens, die door mevrouw Honing werden meegesleept naar mevrouw Rooze en meneer Groenewoud.

'Onze wraak zal zoet zijn!' Lilli stak dreigend haar vuist in de lucht. Maar omdat ze er met haar gele haar, de donsveertjes en haar rode snaveltje zo grappig uitzag oogstte ze alleen maar gelach.

Helaas konden de Wilde Kippen niet verstaan wat de Kuikens en de drie leraren bespraken.

De telefoon van Sprotjes moeder ging, en er trok een vluchtig lachje over haar gezicht. Tegen de kastanje geleund ging ze staan bellen.

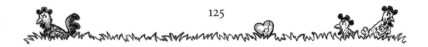

Sprotje wilde naar haar toe hinken, maar daar kwam mevrouw Rooze op de Wilde Kippen af. 'Niet tegenspreken, ik weet dat jullie het waren met die drie brugklassers.'

'Ze hebben mijn ballerina's verpest,' begon Melanie op zeurderige toon.

Mevrouw Rooze snoerde haar de mond. 'Waren de Pygmeeën er ook bij betrokken?'

De Wilde Kippen schudden eendrachtig hun hoofd.

'Goed, kom maar mee. Jullie hebben vandaag corvee. En jullie ouders krijgen een brief. En dat kapotte kussen moeten jullie betalen.'

'Mag ik nog even snel mijn moeder feliciteren?' vroeg Sprotje.

Dat mocht van mevrouw Rooze en Sprotje strompelde naar de kastanje. 'Hartelijk gefeliciteerd, mam.'

Haar moeder blies een plukje haar uit haar gezicht en stopte haar telefoon in haar zak. 'Dat was je vader. Je moet de groeten van hem hebben. Hij heeft nog een aansluitende opdracht in Singapore. Geen idee wanneer hij... Wat is er met je voet?'

Sprotjes moeder bracht Sprotje meteen naar haar kamer. De 'chauffeurskamer' had een eigen douche en zelfs een klein televisietje. Er stond een stapelbed, en Sprotje lag op de onderste verdieping.

Haar moeder trok haar schoen uit. 'Hij is helemaal warm en dik. Daar moeten we mee naar een dokter.'

'De dokter kan me niet helpen, mam. Het is uit met Fred.'

Sprotje gaf zich zonder protest over aan de zorgen van haar

moeder. Ze liet zich koude kompressen aanmeten en warme chocolademelk brengen. En haar moeder was geweldig, stelde geen vragen, maar was er gewoon en regelde alles.

Sprotje werd wakker en knipperde met haar ogen. Ze had het gevoel dat ze een halfjaar geslapen had, maar het was maar een halfuurtje geweest.

Er werd op de deur geklopt en Max Visser kwam binnen. 'Mevrouw Rooze vond dat ik even naar Sprotjes voet moest kijken. Geen paniek, ik ben bijna klaar met mijn medicijnenstudie.' Hij onderzocht Sprotjes enkel. 'Het is maar een lichte verstuiking van het spronggewricht, dus hier is de KRIJS-regel van toepassing: kompressen, rust, ijs.' Max knipoogde naar Sprotje. 'Dat ijs mag ook aardbeien of stracciatella zijn.'

'Moeten er geen foto's gemaakt worden?' vroeg Sprotjes moeder.

'Als het vanavond niet beter is wel.' Max keek naar de deur. 'Er staan daar trouwens vier meiden te wachten die willen weten hoe het met je gaat voor ze weer op pad gaan.' Max zei Sprotjes moeder gedag en wenkte de andere Wilde Kippen.

'Nu jullie hier toch zijn, ga ik gauw nog even tanken, dat had ik eigenlijk gisteren al willen doen.' Sprotjes moeder pakte het sleuteltje van de bus en wilde de kamer al uit lopen toen haar telefoon ging. Ze keek geïrriteerd op het schermpje en zei tegen Sprotje: 'Je oma.'

'Die belt natuurlijk om je te feliciteren,' zei Sprotje, en even stak haar slechte geweten de kop op omdat ze zulke akelige

dingen tegen oma Bergman gezegd had. Er vielen wel vaker harde woorden tussen hen, maar de laatste keer was het anders geweest.

Sprotjes moeder nam op. 'Hallo, wat een verrassing...' Met de telefoon aan haar oor liep ze de kamer uit.

De Wilde Kippen vertelden Sprotje over hun corvee in de keuken en lachten om de foto's op Kims digitale camera, die ze stiekem gemaakt had van de met eierprutbehangplaksel en veren besmeurde Kuikens.

Het deed Sprotjes hart en voet goed om niet aan Fred te hoeven denken.

Uiteindelijk waarschuwde Kim dat het tijd werd. 'We moeten nu wel gaan,' zei ze met een blik op het klokje van de televisie. 'Over zes minuten moeten de bos- en de riviergroep klaarstaan.'

Lisa deed mevrouw Rooze na. 'De bosgroep brengt twee stukken bos in kaart.' Lisa praatte en bewoog zich inderdaad precies zoals mevrouw Rooze. 'We nemen bodemmonsters en vergelijken de soortenrijkdom in het stuk dat na de sluiting van de mijnen aan de natuur is teruggegeven met die in het oude bos achter het kasteel.'

Sprotje moest haar buik vasthouden van het lachen.

'Groenewoud kan ik ook.' Lisa maakte zich lang. En zo tenger als ze was, leek ze opeens veel groter en steviger. Ze schraapte haar keel en zette een lage stem op. 'De riviergroep neemt watermonsters. Eerst hier, voor de rivier in de oude mijngang sijpelt en dan...' Ze stak haar onderlip precies zo naar voren als meneer Groenewoud altijd deed. 'En dan op de plaats waar de rivier de mijngang weer uit komt. Zo kunnen

we een eventuele verandering van de waterkwaliteit vaststellen.'

'Vet cool, meneer Groenewoud!' Sprotje klapte en haar vriendinnen lachten.

Weer werd er geklopt, en nu stak Steve zijn hoofd naar binnen. 'Komen jullie nog?' vroeg hij.

Achter hem stond Willem. 'Mevrouw Rooze is nog steeds woest. Jullie kunnen maar beter op tijd komen.'

'Ik leg alles vast, Opperkip.' Steve aaide zijn camcorder. 'Dan mis je niks.'

'En beterschap, Opperkip,' zei Willem. 'Al zetten we jullie die jeukpoeder nog wel betaald.'

'We hebben alleen maar met jullie eigen wapens teruggeslagen,' zei Melanie. Ze knipperde met haar wimpers.

'Hoezo, met onze eigen wapens?' vroeg Willem onnozel.

Kim keek treurig naar Steve. 'Dat was echt hartstikke gemeen van je.'

'Hè?' stamelde Steve. 'Jullie denken toch niet dat...'

'Geen clubactiviteiten, hadden we toch afgesproken?' Willem keek Melanie onderzoekend aan. 'Wij hebben ons daar tot nu toe tenminste aan gehouden.'

Nu begon Roos zich er ook mee te bemoeien. 'Wil je beweren dat jullie het helemaal niet waren, met die jeukpoeder?'

Willem keek haar aan alsof hij geen flauw idee had waar het over ging.

'Dan waren het dus toch de Kuikens,' concludeerde Sprotje.

'Lilli, Bob en Verena?' Steve begon breed te grijnzen. 'Niet slecht voor die ukkies. Ze zijn bijna beter dan jullie vroeger.'

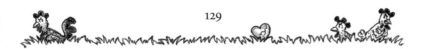

Roos kreeg een kwade blik in haar ogen. 'Dat zullen die ettertjes bezuren.'

De Kippen en de Pygmeeën begonnen druk door elkaar te praten, maar niemand wist hoe ze de Kuikens betaald moesten zetten dat ze ruzie hadden gezocht met de Wilde Kippen, en dus indirect met de Pygmeeën. Tot uiteindelijk het gekwaak van Groenewouds eendenlokfluitje tot hen doordrong. Steve hield de deur open voor de Kippen, en ook Willem had opeens haast.

'En Fred?' Sprotje deed haar best om achteloos te klinken. 'Waar is die eigenlijk?'

'Die staat beneden te bellen met Sabrina's telefoon,' zei Willem. Steve gaf hem een por in zijn zij en rolde geïrriteerd met zijn ogen.

'Het is niet wat je denkt, Sprotje,' voegde Willem eraan toe. 'Het gaat over zijn opa. Die ligt in het ziekenhuis.'

'Wat heeft hij dan?' vroeg Sprotje bezorgd. Willem haalde zijn schouders op. 'Fred wilde er niet over praten.'

Toen Sprotje alleen was nam ze een slok van de nog steeds mierzoete, maar intussen koud geworden warme chocolademelk. Ze wilde gewoon blijven liggen, haar chocolademelk drinken en nergens aan denken. Toch hinkte ze naar het raam. Op de binnenplaats stond de hele klas om meneer Groenewoud en mevrouw Rooze heen. Sabrina stond met Fred naast de vuilcontainers. Ze praatten met elkaar. Sabrina's gouden haar glansde. Sprotje wilde dat ze kon verstaan wat ze tegen elkaar zeiden. Toen zag ze Lisa. Lisa, die altijd de beste spion van de Wilde Kippen was geweest, zat op haar hurken achter een container te luisteren.

Groenewoud blies voor de tweede keer op zijn fluitje en op Sabrina na kwam iedereen in beweging.

Sprotje sliep door het middageten heen. Toen ze wakker werd zat haar moeder naast haar.

'Zal ik een nieuw kompres op je voet leggen?'

De blauwe gel in het zakje zag eruit als zwembadwater. Het soort water waar Sprotje nu helemaal niet aan wilde denken. Maar de kou deed haar goed.

Hoewel de zwelling duidelijk minder geworden was, reed Sprotjes moeder toch met haar naar het dichtstbijzijnde ziekenhuis om foto's te laten maken. Ze hadden van tevoren een afspraak gemaakt, maar ze moesten een eeuwigheid wachten. Eerst op het onderzoek en daarna op het gesprek met de arts. En die arts was nog behoorlijk onvriendelijk ook. Hij vond Sprotjes moeder overdreven bezorgd. Haar dochter had geen enkelbanden gescheurd of andere zware blessures opgelopen. En de door de verstuiking veroorzaakte irritatie van het weefsel zou snel minder worden.

Toen ze later in de jeugdherberg op haar moeders bed zat, deed Sprotjes voet al bijna geen pijn meer. Haar hart zou meer tijd nodig hebben om te genezen.

Sprotje wilde weer naar de Kippenkamer verhuizen, maar haar moeder stond erop dat ze nog zeker twee nachten bij haar zou slapen en overdag rustig aan zou doen.

Sprotje kon bijna niet wachten tot de Wilde Kippen eindelijk bij haar op bezoek kwamen. Roos had een vanillepuddinkje en fruitsalade meegenomen. Kim liet haar Steves nummer horen en Lisa had bloemen voor haar geplukt. 'Ogentroost en

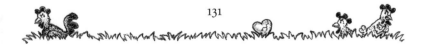

hanenpoot – troost en poot, heel toepasselijk.'

'Gelukkig zit er geen berenklauw bij en geen addertong.'

Het was een beetje alsof ze gezellig in de caravan van de Wilde Kippen zaten. Alleen Melanie was ongewoon zwijgzaam en nors. Lisa vertelde natuurlijk als eerste over het gesprek tussen Fred en Sabrina dat ze had afgeluisterd.

'Het begin heb ik helaas gemist, maar Sabrina vertelde Fred in elk geval dat ze bij haar oma woont.'

'Heeft ze dan geen ouders?' vroeg Kim.

Sprotje ergerde zich aan de meelevende toon waarop ze dat zei.

'Geen idee. Ze schijnt bang te zijn dat haar oma naar een bejaardentehuis moet en dat ze zich dan alleen moet zien te redden.'

'Ik zou dolgraag alleen willen wonen.' Melanie zat op de tafel naar haar handen te staren.

'En wat zei Fred?' vroeg Sprotje.

'Dat zijn opa in het ziekenhuis ligt. Iets met zijn hart. En hij vertelde dat hij en zijn opa altijd van een reis naar de Verenigde Staten gedroomd hebben.'

'Naar het wilde westen,' mompelde Sprotje.

'En toen...' Lisa aarzelde even. 'Toen vroeg ze of hij vanavond weer naar het zwembad kwam.'

Het kwam er zo beteuterd uit dat Sprotje niet hoefde te vragen wat Fred geantwoord had. Alsof jaloezie in je enkel zit begon Sprotjes voet weer pijn te doen.

'Mannen zijn gewoon niet te vertrouwen.' Melanie sprong van de tafel en liep zonder nog iets te zeggen de kamer uit.

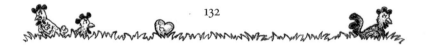

'Alles goed met je voet?' vroeg meneer Groenewoud.

Sprotje knikte. Ze zat op de oever van de rivier, had het rekverband afgedaan en liet haar benen in het water bungelen. Eindelijk had ze weer mee gemogen van haar moeder. Fred zat in de bosgroep, daarom had Sprotje zich bij de riviergroep aangesloten.

De zon wierp gloeiende spikkels op de bosgrond. Insecten zoemden en een moment lang lukte het Sprotje om net zo te denken als het mostapijt onder haar handen, namelijk helemaal niet.

Willem haalde grijnzend twee proefpotjes uit het krat met benodigdheden. Het ene potje hield hij links van Sprotjes voeten in het water, het andere rechts. 'Zo kunnen we onderzoeken hoe Sprotjes zweetvoeten de waterkwaliteit beïnvloeden.'

Roos, die naast het krat etiketten zat te beschrijven, moest lachen, maar Melanie noemde hem een idioot en gaf hem een duw. Willem verloor zijn evenwicht, maaide met zijn armen en liet een van de proefpotjes in het water vallen. Kim stond met opgerolde broekspijpen in de rivier en viste het er weer uit.

'Cut. En bedankt,' zei Steve, als een echte filmregisseur. 'Het staat erop.' Hij ging met zijn camcorder naast Sprotje zitten en liet haar de opname zien. Kim en Roos bogen zich ook over het schermpje. Iedereen lachte, zelfs meneer Groenewoud achter hen. Alleen Melanie gaf geen krimp. Ze trok haar naveltruitje recht. Het fonkelsteentje in haar piercing had precies dezelfde kleur als haar riem.

'Ieeh, wat was dat?' gilde Kim opeens dwars door het gelach heen.

Zonder te weten wat er aan de hand was begon Steve meteen te filmen.

'Een kikker.' Met grote stappen ging Kim achter de met snelle zwemslagen wegvluchtende amfibie aan, en Steve volgde met zijn camera.

'Getverdegetver, ik heb hem.' Kim had de kikker met beide handen gevangen en stond half griezelend, half trots te stralen, als een jager op groot wild.

Meneer Groenewoud holde naar haar toe.

Kim was door het dolle heen. 'Oooh, wat een schatje. Steve, krijg je hem erop?'

Ook Willem, Roos en Sprotje kwamen dichterbij.

'Wat een mooie kikker,' zei Roos. 'Moet je die mooie gele vlekken op zijn buik zien.'

'Dat is geen kikker, maar een geelbuikvuurpad.' Meneer Groenewoud hield Kim een grote glazen pot voor. 'Stop hem daar maar in; het gif van geelbuikvuurpadden kan huiduitslag veroorzaken.'

Kim liet de pad in de pot vallen en waste vlug haar handen in de beek.

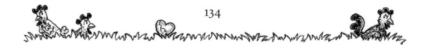

'Zien jullie die felgele waarschuwingskleur?' Meneer Groenewoud hield de pot omhoog, zodat ze door de bodem de geelgevlekte buik konden zien. '*Bombina variegata*. Een kikvorsachtige.'

'Ik wil hem aan Melanie laten zien.' Met druipende handen graaide Kim naar de pot.

'Wacht... horen jullie dat?' Meneer Groenewoud legde een vinger tegen zijn lippen. 'Sst.'

De geelbuikvuurpad maakte een zacht klagend geluidje.

'Hoor je dat, Kim?' grijnsde Willem. 'Je kleine wrattige vriendje wil met je paren.'

'Sukkel.' Steve liet zijn camera zakken.

'Hij beklaagt zich, omdat hij niet opgesloten wil zijn,' zei meneer Groenewoud nadenkend.

Sprotje griste de pot uit Kims handen en bekeek de modderkleurige pad. Even ging haar ademhaling gelijk op met die van het dier. 'Die ogen. Hebben jullie die gezien? Hij heeft hartvormige pupillen.'

'Klopt. Hartvormige pupillen. De trommelvliezen zijn niet zichtbaar,' doceerde meneer Groenewoud. 'En in tegenstelling tot de roodbuikvuurpad heeft hij geen kwaakblaas. Daarom klinkt zijn roep een stuk zachter.'

'Ik laat je zo vrij hoor!' Kim klopte op het glas. 'Maar pas als Mel je gezien heeft.'

Kim, Roos en Sprotje liepen met de pot naar Melanie, die ongeïnteresseerd op het krat met spullen zat.

'Hier, Kippenprinses, misschien verandert deze kikvors wel in een prins als je hem kust.'

Kim maakte maar een grapje, maar Melanie reageerde zo

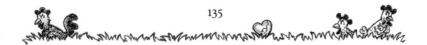

geprikkeld alsof haar vriendin een hectoliter geelbuikvuur-
paddengif over haar hoofd had gekieperd.

'Ik word niet goed. Doe die kikker weg.'

'Het is een geelbuikvuurpad,' herhaalde Kim.

'Zijn ogen zijn net hartjes,' zei Sprotje.

'En toch ga ik ervan over mijn nek.'

Nu werd Kim kwaad. 'Kun je nou niet één keer iets mooi
vinden, behalve je kleren?!'

Melanie reageerde niet op Kim, maar begon hysterisch tegen Steve te schreeuwen: 'Rot nou eens op met die achterlijke
camera!'

Steves mond ging open en dicht, net als die van de pad,
waarna hij zonder iets terug te zeggen achteruitliep en een
stukje verderop op een boomwortel ging zitten.

Willem kwam dichterbij. 'Melanie, wat ga je tekeer, dat is
echt niet...'

Maar Groenewoud pakt hem bij zijn schouder en voerde hem stroomopwaarts af. 'Kom Willem, we laten de Wilde
Kippen even met rust. Steve! We lopen naar de bosgroep om
iets over de lunchpauze af te spreken.'

Een tijdje stonden Roos, Sprotje, Kim en Melanie bij elkaar, afwachtend, zwijgend. Uiteindelijk sloeg Roos een arm
om Melanie heen. 'Wat is er gebeurd?'

Melanie schudde Roos' arm van zich af en trapte per ongeluk op een van de reageerbuisjes die op de grond lagen.
Het gaf een knarsend geluid.

'Weet je, Melanie?' Kim zette woedend haar handen in haar
zij. 'Toen we vertrokken, op de parkeerplaats bij school, toen
je de bus uit rende en niet mee wilde...' Kim hapte naar lucht

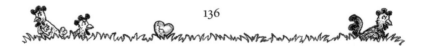

en slingerde Melanie de woorden in het gezicht. 'We hadden je niet moeten overhalen, we hadden je gewoon thuis moeten laten!'

Melanie gaf een schop tegen het krat, begon te rennen en liet zich even later op de grond zakken. Als het niet zo ernstig was geweest, had je Melanie voor een wandelaarster kunnen houden die ontspannen in de natuur naar de wolken lag te kijken.

Roos en Sprotje wisten niet wat ze moesten zeggen; daarom gingen ze zwijgend naast Melanie zitten. Kim beet op haar lip, maar kwam er toen ook bij.

'Melanie. Dat van daarnet. Dat meende ik niet echt.'

De schaduwen van de takken vormden een web op Melanies gezicht. 'Ik ben al twee weken over tijd,' zei ze zacht. Haar mooie, heldere ogen zochten Sprotjes blik. Ze glimlachte radeloos. 'Misschien ben ik wel zwanger.'

Een seconde lang bleef het doodstil. Geen vogel, geen wind in de bomen, zelfs de rivier kabbelde niet meer.

Melanie kwam overeind. 'Zo, nou weten jullie het.'

Kim begon twee keer te praten, maar pas bij de derde keer wist ze uit te brengen: 'Je krijgt een kind?'

'Nee, een geelbuikvuurpad, nou goed?' Melanie gooide een stuk mos naar Kims hoofd en stond op.

Met een stralend gezicht klopte Kim het groene spul van haar broek. 'Dat is toch te gek! Een kind, dan ben je nooit meer alleen.'

Weer werd het stil. Sprotje kon er met haar verstand niet bij. Melanie zwanger. Dat was helemaal niet te gek. Dat was een ramp.

'Weet Willem het?' vroeg Roos uiteindelijk. Haar stem klonk schor.

Melanie zuchtte geërgerd. 'Natuurlijk vraag jíj dat weer.'

'Weet hij het?' herhaalde Roos kalm.

'Nee. En jullie houden je kop, het gaat hem niets aan. Ik wou dat ik bij hem uit de buurt gebleven was.'

Roos stond als uit steen gebeiteld voor Melanie. Alleen haar lippen bewogen. 'Je moet het vertellen. Het is toch ook zijn kind?'

Melanie deed net alsof ze het niet gehoord had en pakte Sprotjes hand. 'Beloof het. Geen woord tegen wie dan ook. Niet voor ik een zwangerschapstest gedaan heb. Jullie allemaal. Zweer het!'

Kim legde als eerste haar hand op het kippenveertje om haar hals. Sprotje knikte naar Roos en met z'n allen zwoeren ze het.

'Kippenerewoord.'

'Maar Lisa dan?' vroeg Kim.

'Die vertel ik het zelf wel.' Melanie begon de spullen terug in het krat te stoppen. 'Vanmiddag gaan we toch naar dat museum? Dan zijn we dus in de stad, en in elke stad is ook een apotheek.' Ze wilde de glasscherven oprapen, maar Kim hield haar tegen.

'Straks snij je je nog.' Kim bukte zich naar de scherven van het stukgetrapte reageerbuisje. 'Ik doe het wel voor je. Jij moet voorzichtig zijn.'

Roos en Sprotje hielpen bij het inpakken van het krat.

Sprotje haalde de visnetjes op die nog aan de waterkant lagen. 'En hoe voelt dat nou?' vroeg ze.

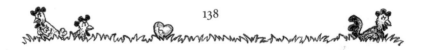

Melanie legde haar hand op het fonkelsteentje in haar navel. 'Ik voel eigenlijk niets. Ik ben alleen zo bang.'

'We laten je niet in de steek.' Roos sloeg haar armen om haar heen, en Melanie protesteerde niet. Kim en Sprotje sloegen hun armen om Roos en Melanie heen.

'Wat is dit voor een groepsknuffel?' Opeens kwam Steve uit de struiken tevoorschijn. Niemand had hem horen aankomen. 'Ik wilde een kortere weg nemen, maar volgens mij heb ik een rondje gelopen.'

'Steve, ik dacht dat je met Willem en Groenewoud naar de bosgroep was.' Roos keek hem onderzoekend aan.

'Was ik ook.' Hij krabde zich in zijn nek. 'Óf dit is een vertraagd effect van de jeukpoeder, óf ik ben door een mug gestoken.' Hij stopte zijn camera in zijn heuptasje en voegde eraan toe: 'Misschien heeft Rooze een middeltje tegen insectenbeten.' Onschuldig fluitend liep hij weg langs de rivier.

Bij de picknick samen met de bosgroep wisselden Sprotje en Fred geen woord. Toen hij naast haar wilde komen zitten, stond ze op en wurmde zich tussen Kim en Roos in.

De Kippen kregen geen kans om Lisa over Melanies probleem te vertellen. Ze hadden de picknickspullen nog niet eens ingepakt toen meneer Menger eraan kwam. Meneer Menger was voorzitter van de plaatselijke afdeling van de natuurbescherming en vrijwilliger bij het mijnbouwmuseum.

Mevrouw Rooze en meneer Groenewoud bespraken het verloop van de middag met hem, wat de Wilde Kippen de gelegenheid gaf er even tussenuit te knijpen.

'Wij klimmen even op die uitkijktoren daar,' zei Roos in

het voorbijgaan tegen mevrouw Rooze. 'Kim wil een foto maken.'

'Maar doe voorzichtig.' Mevrouw Rooze lette niet goed op, want meneer Menger wees haar iets aan in een folder van het museum.

Kim, Lisa, Roos en Melanie klommen de van dikke takken getimmerde ladder op. Sprotje zette een voet op de onderste tree en keek omhoog. Die rottige hoogtevrees ook. Het voelde wel een beetje als jaloezie. Opeens geen vaste grond meer onder je voeten, angst om de controle kwijt te raken. Angst om te vallen of losgelaten te worden. Sprotje ademde diep in en uit en trok zich omhoog. Ze dacht aan de boomhut van de Pygmeeën. Aan hoe ze daar de eerste keer in geklommen was. Als Fred boven stond te wachten was het helemaal geen probleem.

'Gaat het, Sprotje?' vroeg Roos boven haar.

'Ik doe alleen een beetje rustig aan vanwege mijn voet.' Sprotje smeerde er weliswaar nog drie keer per dag zalf op en droeg ook nog een verband, maar ze had geen pijn meer.

Boven was een plank om op te zitten, en door de uitsparing in de wanden rondom kon je alle kanten op kijken. Sprotje had het gered. Ze hield zich aan de wand vast en oriënteerde zich. 'Noord, oost, daar het westen en hier het zuiden.'

'Hoe weet je dat?' vroeg Melanie. Het klonk bijna bewonderend.

'Innerlijk kompas.' Sprotje lachte, en tegelijk was ze verdrietig.

'Alles oké, Sprotje?' Roos kon soms echt gedachtelezen.

'Ja hoor,' zei Sprotje. Ze verplaatste haar gewicht demon-

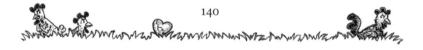

stratief naar haar linkervoet. 'Zie je, ik kan er alweer gewoon op staan.'

'Daar logeren we.' Kim wees naar het oosten. 'Jeugdherberg kasteel Steenbeek.'

Tussen de mistflarden die boven de toppen van het in de middagzon dampende bos hingen konden ze het kasteel inderdaad zien liggen, en zelfs de parkeerplaats en het bruggetje over de rivier waren te onderscheiden. Een beetje verder naar rechts stak de duikplank van het zwembad tussen de bomen uit.

Lisa stond paf toen ze het haar vertelden. Zo paf dat ze eerst alleen maar 'wauw' kon zeggen. Ze ging op de plank zitten en keek Melanie met grote ogen aan. 'Wauw.'

'Ja. Wauw.' Melanie glimlachte.

Kim bekeek Melanie door de zoeker van haar digitale camera en toen met het blote oog. 'Volgens mij ben je al een beetje aangekomen.'

Sprotje hield haar adem in; zo meteen ontplofte Melanie nog. Maar ze ontplofte helemaal niet. Ze liet Kim alleen haar stralend witte tanden zien en gromde voor de grap als een leeuw.

'Wauw,' zei Lisa voor de derde keer.

Met een zucht liet Melanie haar hoofd op Sprotjes schouder zakken. Ze rook naar bloemenwei, met een vleugje honing en vanille-ijs. Sprotje vroeg zich af hoe Melanie dat voor elkaar kreeg. Zelfs na een halve dag in het bos. Dat was niet alleen make-up. Dat was gewoon Melanie. En nu kreeg ze een kind. Uitgerekend Melanie.

'Ik had veel eerder met jullie moeten praten.' Melanie

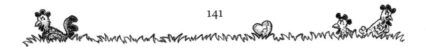

richtte zich op. 'Op de een of andere manier voel ik me nu een stuk lichter.'

'We moeten een naam verzinnen,' zei Kim.

Lisa fronste haar voorhoofd. 'Een kind, dat verandert alles. Hoe wou je dat doen, hoe ga je je school afmaken?'

'Je klinkt precies als je moeder,' zei Roos.

'Inderdaad. Sorry.' Lisa schudde haar hoofd.

'Ik ga sokjes of wantjes voor de baby breien.' Kim had rode wangen en was niet meer te stuiten. 'Of een mutsje.'

'Ik kan wel oppassen. Daar heb ik ervaring mee,' zei Roos. Ze tuurde in de verte alsof ze daar haar ouders en haar broertjes kon zien.

Mevrouw Rooze riep dat ze naar de picknickplek moesten komen.

Sprotje klom als eerste naar beneden. 'We kunnen allemaal oppassen.' Door het klauteren op de ladder deed haar enkel nu toch weer een beetje pijn.

Lisa sprong van de laatste tree en belandde naast Melanie. 'Ik ga je kind voorlezen, daar ben ik goed in.'

'Voor mijn part zelfs Shakespeare en die Willem Tell en dat soort troep.' Maar toen werd Melanie weer ernstig. 'Zonder jullie lukt het me nooit.'

'Ik verheug me er nu al op.' Kim stond als laatste weer op de grond. 'Het wordt ons kind, het eerste Wilde Kippenkind.'

Een langgerekte toon uit meneer Groenewouds eendenlokfluitje maakte hun duidelijk dat ze moesten opschieten.

Meneer Menger liep voor de groep uit door de geul naar de gang van de oude mijn. Hij haalde drie sterke zaklampen uit

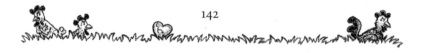

zijn rugzak en gaf mevrouw Rooze en meneer Groenewoud er allebei een.

'We blijven bij elkaar.' Mevrouw Rooze deed haar lamp aan. 'Ik vorm de achterhoede.'

Meneer Menger maakte het hek voor de ingang open. 'De oude Steenbeekgang stelt ons nog voor veel raadsels.'

'Wat een muffe zooi,' mopperde Willem.

'Zo kunnen we alleen maar vermoeden dat hij rond het midden van de achttiende eeuw ontstaan is. En of hier oorspronkelijk alleen kalksteen of ook vuursteen werd gewonnen, zal ook wel altijd een geheim blijven.'

'Hier binnen moet je hem op nachtopname zetten.' Fred wees naar Steves camera.

'Stilte.' Meneer Groenewoud richtte zijn zaklamp op de Pygmeeën.

Via afgesleten traptreden liepen ze dieper de mijn in. Het was er koud en vochtig. Naast een stel grote houten kisten bleef meneer Menger staan. Hij tilde de deksels op, en geholpen door meneer Groenewoud deelde hij gele en groene bouwvakkershelmen uit. 'Voor de zekerheid. Zolang ik hier rondleidingen geef is er nog nooit iets naar beneden gekomen, maar je stoot wel makkelijk je hoofd.' Zelf zette meneer Menger ook een helm op. 'In de Tweede Wereldoorlog werd de mijn als schuilkelder gebruikt.'

Ze volgden de gids verder de diepte in.

'Tegenwoordig dient hij vooral als winterkwartier voor allerlei vleermuis- en salamandersoorten. En er zitten hier veel spinnen. Zelf heb ik vijf soorten nachtkaardespinnen waargenomen.'

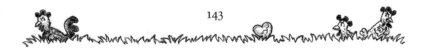

'Jasses. Spinnenwebben en vleermuispoep.' Melanie huiverde.

Willem sloeg een arm om haar heen. 'Je hoeft niet bang te zijn, schatje.'

Melanie dook onder zijn arm vandaan. 'Voor jou anders wel,' zei ze vinnig.

'Mel!' Willem hield haar bij haar pols vast. 'Toe nou, Mel. Waarom doe je zo? Je doet al twee weken lullig tegen me. En kattig en boos en...'

Meneer Groenewouds eendenlokfluitje snoerde Willem de mond. 'Ook de Kippen en de Pygmeeën onder jullie houden nu hun mond.'

Na de bezichtiging van de mijn kwamen ze doodmoe terug op de parkeerplaats bij het kasteel. Mevrouw Honing telde haar beschermelingen en Sprotjes moeder zat in de deuropening van de bus te wachten.

Het was een kwartier rijden naar de stad. Mevrouw Honing ging met de brugklas een stadswandeling maken. De groten volgden hun leraren en meneer Menger naar het museum, waar de les over mijnbouw en natuurbescherming verderging.

'Een oude pachtovereenkomst laat zien dat voormalige open groeven al in de achttiende eeuw weer moesten worden beplant,' vertelde meneer Menger.

Steve filmde voor de zekerheid alles, want mevrouw Rooze had gedreigd dat ze hen presentaties over het onderwerp zou laten houden.

Voor een vitrine met oude gereedschappen nam Roos Me-

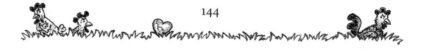

lanie apart. 'Je moet het tegen Willem zeggen.'

'Shit,' siste Melanie. 'Ik zei toch, ik wil eerst die test doen...'

Melanie maakte haar zin niet af, want op dat moment kwam Willem uit de zaal met informatie over steenlagen.

'Staat trouwens hartstikke leuk.' Willem wees naar het steentje in Melanies navel. 'Wilde ik nog even zeggen.'

Mevrouw Rooze joeg hen de volgende zaal in.

'Dagbouw vormt een groot ecologisch probleem voor de draslanden. Het grondwaterpeil moet namelijk tot onder het diepste punt van de groeve verlaagd worden,' legde meneer Menger uit. Hij wees op een diagram aan de muur.

Dapper doorstonden ze al zijn interessante en minder interessante uiteenzettingen, niet in de laatste plaats omdat mevrouw Rooze en meneer Groenewoud hun beloofd hadden dat ze na afloop vrij waren.

'Kom op, Mel.' Willem gaf het niet op. 'Laten we straks even naar een café gaan of zoiets. Ik moet met je praten. We zijn de hele week nog niet met z'n tweeën geweest.'

Melanie negeerde hem en vroeg aan mevrouw Rooze: 'Ik voel me niet zo lekker, mag ik even een frisse neus halen?'

Mevrouw Rooze knikte. 'Wacht op de binnenplaats van het museum maar op ons.'

Melanie liep weg.

Willem wilde achter haar aan gaan, maar Fred hield hem tegen. 'Laat haar maar even.'

'Ik snap er niks van. Waarom doet ze zo?'

Freds blik bleef op Sprotje rusten. 'Om de een of andere reden zijn alle Kippen van de leg.'

Sprotje deed alsof ze het niet gehoord had. Maar naast haar

sprong Roos uit haar vel. Met grote stappen liep ze op Fred af. 'Van de leg? Sprotje?!'

Fred deinsde achteruit. Roos boog zich naar hem toe en siste in zijn gezicht: 'Zeg jíj nou dat je vriendin van de leg is? En jij? Jij bedriegt haar met Sabrina!'

Fred haalde zijn handen door zijn haar. Zijn mond ging open en weer dicht. Maar hij zei niets en ontweek Sprotjes blik.

Even hoorde Sprotje alleen nog meneer Menger.

'Als aan het drasland het voor flora en fauna benodigde water onttrokken wordt, ontstaat grote ecologische schade.'

Roos ging dreigend op haar tenen voor Fred staan. 'Waarom denk je dat ze haar voet verstuikt heeft? Er is er hier maar één van de leg, en dat ben jij.'

Mevrouw Rooze stond op het punt om boos te worden toen Roos Sprotje gedecideerd bij de hand nam en meetrok naar de trap. 'Wij gaan even bij Melanie kijken, mevrouw Rooze.'

Melanie zat op de binnenplaats van het museum op een bankje naast een tentoongestelde kiepkar.

Vlak na Roos en Sprotje kwam ook Lisa naar buiten; ze had tegen mevrouw Rooze gezegd dat ze naar de wc moest.

'Na het museum mogen we alleen de stad in.' Lisa ging op de rand van de kiepkar zitten. 'En we hoeven pas voor het avondeten weer in de jeugdherberg te zijn.'

Kim kwam de binnenplaats op. 'Sprotjes moeder pikt ons om half zeven achter het museum weer op.' Ze zwaaide met een chocoladereep die ze uit een automaat naast de kassa had gehaald. 'Ik heb ook gezegd dat ik naar de wc moest.' Ze gaf

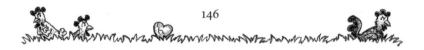

Melanie de chocoladereep en voegde eraan toe: 'Augurken hadden ze niet.'

Melanie zuchtte. 'Ik heb geen honger. Ik ben alleen doodsbang.'

Maar die chocoladereep at ze wel op.

Na het bezoek aan het museum lieten mevrouw Rooze en
meneer Groenewoud hun beschermelingen gaan, maar natuurlijk niet zonder er nog eens op gewezen te hebben dat ze
zich netjes dienden te gedragen en op tijd weer bij de bus terug moesten zijn.

Nicole, Noor, nog een paar andere tutjes en een stel jongens liepen meteen de eerste de beste fastfoodtent in.

Ondanks de gespannen sfeer gingen de Pygmeeën er kennelijk van uit dat ze iets met de Kippen zouden gaan doen.
Maar omdat de Kippen ongestoord naar de apotheek wilden,
bleven ze net zolang besluiteloos staan tot de Pygmeeën zonder hen in de richting van de rivier begonnen te lopen.

'Nou, misschien tot straks dan.' Steve zwaaide nog een keer
en liep achter Fred en Willem aan, die aan het eind van de
straat de hoek al om slenterden.

Kim zwaaide enthousiast terug en neuriede dromerig
het nummer van Steves cd. Toen ze zich omdraaide stonden haar Kippenvriendinnen mee te neuriën, en het neuriën
ging over in grinniken en lachen en proesten en giechelen,
dat onderweg naar de apotheek steeds erger werd, maar op

slag verstomde toen de automatische schuifdeur voor hen openging.

PUISTJES ZIJN NIET NODIG! beweerde een reclamebord van karton. Door een openstaande deur was in een zijkamer het zachte tikken van een toetsenbord te horen, en iemand riep: 'Kom eraan.'

De Wilde Kippen deden alsof ze ongedwongen om zich heen stonden te kijken. Lisa bestudeerde de kleurige blikjes met keelpastilles die naast de kassa lagen. Kim bladerde in een van de folders naast een piramide van potjes voetzalf.

Een vrouw in een witte jas kwam vriendelijk groetend uit het zijkamertje. Vijf keer werd er even vriendelijk teruggegroet.

'Lach maar,' las Sprotje op het doosje dat ze in haar hand hield.

'Kunstgebitverzorging?' vroeg de apotheker. 'Maar niet voor jou zeker?'

Sprotje legde het doosje snel terug. 'Nee, we komen voor...' Sprotje aarzelde. Vreemd genoeg was het net alsof de tijd opeens langzamer ging.

'Voor...?' De apotheker keek vragend van de een naar de ander. 'Waar komen jullie voor?'

'Keelpastilles.' Lisa legde een oranje blikje op de toonbank.

'Anders nog iets?' De apotheker had een grappige bril op, die alle kleuren van de regenboog had.

'Ik neem wattenbolletjes.' Terwijl ze zich naar Melanie omdraaide, legde Kim heel langzaam een zak wattenbolletjes op de toonbank, om tijd te rekken.

Alle blikken waren nu op Melanie gericht.

149

De apotheker schraapte haar keel. 'Het gaat dus eigenlijk om jou. Heb ik gelijk?'

'Ja, nou...' begon Melanie. 'Ik vind het een beetje moeilijk om te zeggen, maar... Ik...' Melanie slikte en ging toen heel snel verder: 'Ik heb echt iets nodig tegen puistjes.' Ze ademde hoorbaar uit. 'Niet van dat gemene spul, maar het moet wel werken.'

De apotheker legde een tube crème naast de wattenbolletjes en de keelpastilles. Toen zette ze haar regenboogbril af. 'Als jullie voorbehoedmiddelen moeten hebben...' ze wees met een van de pootjes van haar bril naar Melanie, '...dan licht ik je graag voor.'

'Te laat...' flapte Kim eruit. Alsof dat nog hielp sloeg ze een hand voor haar mond.

Nu kwam Roos naar voren om een einde te maken aan de poppenkast. 'We willen graag een zwangerschapstest.'

'Jullie allemaal?'

'Nee, eentje maar. Voor ons samen.'

De apotheker legde haar bril op de toonbank en liep naar achteren. Toen ze terugkwam stopte ze de zwangerschapstest, de keelpastilles en de anti-puistjescrème in een tasje. 'Jullie kunnen er het best een keer met jullie ouders over praten, of met een arts.'

'Ik ben de rijkste,' fluisterde Lisa, en ze betaalde voor alles.

De apotheker gaf het tasje aan Melanie. 'En let erop dat je die test doet met ochtendurine.'

Precies op dat moment ging de schuifdeur open en kwam Sprotjes moeder binnen. 'Sprotje? Wat doen jullie hier?'

'Puistjescrème kopen, mevrouw Bergman.' Melanie glim-

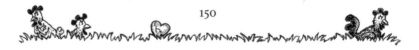

lachte geforceerd. 'U weet het, hè, ik gebruik veel te veel make-up en, tja... verstopte poriën.'

Even stond Sprotjes moeder erbij alsof ze ergens op wachtte. 'Jullie zijn straks toch wel op tijd bij de bus, hè?' zei ze toen. 'Ik ga naar de film. 's Middags, dat heb ik al in geen eeuwen gedaan. En wat zijn jullie van plan?'

'Een ijsje halen.' Kim liep alvast naar de deur.

'Ik koop alleen nog even wat van die zalf, voor je voet.' Sprotjes moeder stopte Sprotje een bankbiljet toe. 'Hier, voor het ijs.'

'Die tube van het ziekenhuis is nog halfvol, en het doet al helemaal geen pijn meer,' zei Sprotje terwijl ze het geld in haar zak stak.

'Ja, maar voor de zekerheid. Nou, tot straks allemaal.'

De Wilde Kippen gingen naar buiten, slenterden wat door het kleine voetgangersgebied en liepen door een winkelpassage naar de rivier. Een eindje verderop zagen ze mevrouw Honing lopen met haar klas. Lilli, Bob en Verena liepen achter de rug van hun lerares gekke bekken te trekken.

Bij de rivier gingen ze op een muurtje tussen het gras en de stoep zitten. Boven hen hing een brug van dikke houten planken. Lisa deelde keelpastilles uit en Kim bekogelde de andere Kippen met kleurige wattenbolletjes.

'Ik hoop maar dat mijn moeder niets doorhad.' Sprotje stak een keelpastille in haar mond.

Roos blies een wattenbolletje van haar schouder. 'Hopelijk zegt die apotheker niets.'

'Dat mag ze toch helemaal niet,' zei Melanie, die met de tube crème zat te spelen. 'Beroepsgeheim.' De zwangerschaps-

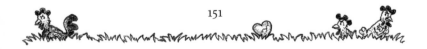

test had ze diep in haar rugzak gestopt. 'Hier.' Ze hield de tube voor Lisa's neus. 'Die betaal ik natuurlijk. En die test ook.'

Lisa schudde haar hoofd. 'Cadeautje. Jij wordt al hysterisch bij denkbeeldige puistjes.'

'Straks krijg ik zwangerschapsstrepen en ben ik constant misselijk.' Melanie streek met een overdreven gebaar haar haren naar achteren. 'Wat kunnen mij die paar puistjes dan schelen?'

'Ja. En gespannen borsten.'

Melanie staarde Kim aan alsof ze van een andere planeet kwam. 'Gespannen borsten?!'

'Mijn tante is verloskundige.' Kim bukte zich en raapte de wattenbolletjes weer op. 'En je moet vaker. En je wordt gevoeliger voor geurtjes, en ook prikkelbaarder.'

Melanie sprong op. 'Ik word helemaal niet prikkelbaarder.' Ze klonk behoorlijk geprikkeld.

Niemand zei iets. Over de brug reed een fietser. Melanie ging weer zitten en slaakte een langgerekte zucht. 'Dit worden de ergste negen maanden van mijn leven.'

'Wees blij dat je geen giraf bent,' zei Lisa.

'Hè?' Melanie deed alsof ze het niet goed verstaan had.

'Vijftien maanden. Nijlpaarden hebben het nog zwaarder. Bijna negentien maanden.'

Melanie gaf Lisa een duw. 'Domme koe!'

'Koeien? Negenenhalve maand. Bijna net als bij mensen. Niets vergeleken met olifanten. Tweeëntwintig maanden. Dat is bijna twee jaar.'

'Ze probeert je alleen maar op te vrolijken,' suste Sprotje, en ze gaf Lisa een klap tegen haar achterhoofd.

Kim sloeg een arm om Melanie heen. 'Hé, wij zijn bij je. Hoe lang het ook duurt.'

Lisa werd weer ernstig. 'Dat is zo, Melanie,' zei ze.

Ook Roos knikte. 'En zodra je je rot voelt of als je iets nodig hebt, sla je vossenalarm.'

'Babyalarm, zogezegd,' zei Sprotje bijna plechtig. Het was fijn om te weten dat een meidenclub niet alleen goed was voor kinderachtige spelletjes.

Melanie glimlachte ontroerd en genoot van de zorg van haar vriendinnen. 'Weet je waar ik nu zin in heb?' Melanie sloeg haar armen om Kim en Lisa heen. 'In stracciatella, pistache, limoen, meloen, mokka, yoghurt-kers en amaretto.'

Melanie trok het tweetal mee in de richting van de ijssalon die ze onderweg naar de rivier gezien hadden.

'Geen amaretto,' riep Sprotje. 'Daar zit alcohol in.' Ze wilde achter hen aan gaan en keek om om te zien waar Roos bleef.

Maar Roos begon de andere kant op te rennen. 'Wacht maar niet op mij,' riep ze.

'Wij komen zo!' riep Sprotje Melanie, Kim en Lisa na. Ze keek waar Roos heen ging, en naast de aanlegsteiger voor rondvaartboten herkende ze achter het raam van een café het gezicht van Willem. Roos versnelde haar pas; Sprotje liep langzaam achter haar aan.

Toen Sprotje door het kralengordijn naar binnen stapte zag ze Steve en Fred met een paar andere jongeren aan een statafel staan. Sabrina was er ook bij. Sprotje wilde zonder te groeten doorlopen naar Roos, die naast Willem aan het tafeltje in de hoek was gaan zitten.

Op dat moment schreeuwde Steve: 'Willem, blijf met je tengels van mijn camera af!'

Willem staarde naar het schermpje van Steves camera. Hij reageerde niet op Steves geschreeuw, en ook niet op Roos, die zachtjes op hem in praatte. Sprotje zag dat ze een hand op Willems schouders legde, alsof ze hem probeerde te troosten. Maar Willem stond op, met de camera in zijn handen. Het bierflesje voor hem viel om. Roos riep iets wat Sprotje niet verstond. Steve probeerde Willem tegen te houden, maar het was al te laat. Willem slingerde de camera in de hoek, duwde Roos tegen de muur en stormde het café uit.

Roos krabbelde overeind. 'Hij weet het,' zei ze tegen Sprotje, en ze rende achter Willem aan.

Sprotje wilde Steve gaan vragen wat er eigenlijk aan de hand was, maar Fred en Sabrina waren haar voor. Sabrina raapte een afgebroken stuk van de camera op, terwijl Fred Steve op zijn rug sloeg.

Sprotje stond er met hangende schouders bij. Niemand bekommerde zich om haar. Alsof ze er net zo weinig toe deed als een krantenbak of een kapstok. Ze raapte het bierflesje van de grond op.

Steve bestudeerde zijn camera. 'Ik had het meteen moeten wissen. Of met hem moeten praten.'

Sprotje had genoeg gehoord. Steve had hen die ochtend in het bos dus stiekem staan filmen. Een rondje gelopen, ja ja. Die gek had de hele tijd in die stomme struiken gezeten. Sprotje herinnerde het zich woord voor woord: 'Weet Willem het?' had Roos gevraagd. Haar stem had hees geklonken. 'Nee,' had Melanie ongeduldig geantwoord. 'En jullie houden

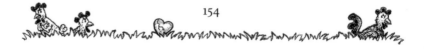

je kop, het gaat hem niets aan. Ik wou dat ik bij hem uit de buurt gebleven was.'

Sprotje zette het bierflesje op tafel en liep naar buiten.

Geen spoor van Roos en Willem. Ook Kim, Lisa en Melanie waren nergens te bekennen. Niet wetend wat ze moest doen ging ze weer op het muurtje onder de brug zitten. Een rondvaartboot voer langs. Iemand op de boot zwaaide. Het was Lilli. Nu zag Sprotje ook Bob en Verena staan. Ze zwaaiden niet naar Sprotje, maar naar iemand op de brug.

Toen de boot voorbij was en het lawaai van de motor wegstierf, hoorde Sprotje Willem en Roos praten. Ze moesten op de brug staan, pal boven haar hoofd.

'Net als toen je de ruit van die graafmachine insloeg,' zei Roos.

'Heeft Melanie je soms gestuurd?' Willem klonk agressief. 'Is ze zelf te laf? Is het daarom? Omdat ze wou dat ze bij me uit de buurt gebleven was?'

'Toen was je bang dat jullie je boomhut kwijt zouden raken,' zei Roos zacht. 'En nu ben je bang voor de verantwoordelijkheid.'

De brug wiebelde een beetje onder Willems voetstappen. 'Laat me met rust.'

'Je kan Melanie nu niet in de steek laten.'

'Ik ben veel te jong om vader te worden.' Willem stampte naar de andere kant van de brug. 'Misschien ben ik niet eens de vader. Bij Melanie weet je het nooit.'

'Hou op, Willem.' Roos ging naast hem staan. Van onderaf zag Sprotje maar één schaduw door de kieren tussen de planken.

'Ze moet het weg laten halen. Zeg dat maar tegen haar.'

'Maar ze wil het kind houden.'

'Weet je waarom ik de hele tijd met haar wilde praten, Roos? Het gaat niet goed tussen ons. Al een hele tijd niet meer.'

Wat daar boven haar hoofd besproken werd ging haar niets aan, wist Sprotje. Toch ging ze er niet stilletjes vandoor, en ze liet ook niet merken dat ze er was. Ze bleef roerloos onder de brug zitten. Steve was het die ochtend in de struiken vast net zo vergaan.

'Ben je daarom toen iets met Kiki begonnen?'

'Dat was niet serieus.' Willem aarzelde. 'Die dingen gebeuren. Gewoon een beetje flirten, zoals Fred en Sabrina nu.'

Sprotje kreeg een schok.

'O ja,' vroeg Roos sarcastisch, 'die dingen gebeuren?'

'Mel en ik... Ik weet niet hoe ik het moet zeggen... Ik vond de hele tijd al dat we eindelijk eens moesten praten, maar ik kan dat niet zo goed en ik wilde het ook niet, omdat ik wist dat we dan uit elkaar zouden gaan. Daarom.'

'Geweldige logica.'

'En nu krijgt ze een kind. Wat moeten Melanie en ik uitgerekend nu met een kind? Roos! Begrijp je dat?!'

'Ja. Ik begrijp het.'

Sprotje begreep er niets van. Gewoon een beetje flirten?!

'Weet je wat Mat zou zeggen?' vroeg Roos boven haar. 'Dat met dat kind fiksen we wel. Als het erop aankomt, steunen Kippen en Pygmeeën elkaar door dik en dun. Net als toen met je vader.'

Willem schoof met zijn voet zand en stof door een spleet

tussen de planken. 'Als ik vader word slaat mijn vader me in elkaar. En ik? Wie zegt dat ik niet precies zo ben? Dan sla ik dus op een dag mijn eigen kind in elkaar. Daar ben ik bang voor.'

'Dat zou jij nooit doen.'

'Hoe weet je dat?'

Omdat ze van hem houdt, dacht Sprotje beneden.

'Omdat ik... je ken,' antwoordde Roos boven.

Sprotje maakte zich uit de voeten.

Toen ze de passage in liep om naar de ijssalon te gaan stonden Roos en Willem nog steeds met hun armen om elkaar heen op de brug.

Kim had in de stad wol voor babysokjes gekocht, een bolletje lichtblauw en een bolletje roze. Je kon immers nooit weten. Maar pas op de trap naar hun kamer viel haar in wat ze vergeten was. Ze sloeg zich voor haar hoofd. 'Breinaalden!'

Melanie haalde Kim onderweg in. Ze moest dringend haar make-up bijwerken en wilde zich ook nog verkleden. 'Ik moet er maar gebruik van maken zolang mijn kleren me nog...' Passen, wilde ze waarschijnlijk zeggen, maar het woord kwam niet over haar lippen.

Sprotje, Roos, Kim en Lisa, die inmiddels ook de overloop bereikt hadden, zagen waarom Melanie opeens stilgevallen was. Op een van de treden voor hen waren met krijt vier woorden geschreven. *Willem houd van Roos.* Houd was verkeerd gespeld, zonder t op het eind. Het handschrift was net zo kriebelig als dat op de tekening op de kamerdeur van de Kuikens.

'Dat heb je goed geregeld,' siste Melanie tegen Roos. Ze sprong over de traptrede heen en rukte de deur naar de gang open.

'Wacht,' riep Roos, maar Melanie was al weg.

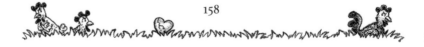

Kim pakte een papieren zakdoekje, spuugde erop en begon de W van Willem weg te poetsen.

Lisa deed een stap naar voren, draaide zich elegant om haar as en stak met een onzichtbare degen in de lucht. 'In jullie eigen drakengif verstikken, gewurgd door jullie streken, in jullie eigen nijd verzuipen, moeten jullie Hellekuikens.' Ze grijnsde. 'Verzin ik ter plekke.'

'Help me liever, Lisa Shakespeare.' Kim gooide het pakje zakdoekjes naar Lisa.

Sprotje nam Roos een beetje apart en fluisterde: 'Lilli, Bob en Verena. Ze hebben jou en Willem op de brug zien staan.'

'Jij dus ook?' vroeg Roos koel.

Sprotje knikte. 'Maar Lisa, Kim en Melanie niet.'

Roos haalde een paar zakdoekjes tegelijk uit Kims pakje en begon met drukke gebaren de woorden uit te vegen.

Op hun kamer ontving Melanie haar Kippenvriendinnen met een glimlach in een nieuwe kleur. 'Ik barst van de honger. Die komkommersla die ze hier altijd hebben is eigenlijk hartstikke lekker.' Ze perste haar lippen op elkaar en maakte een smakkend geluid.

Kim rolde met haar ogen. 'Zwangere vrouwen,' zuchtte ze. 'Mijn tante had gelijk, met die stemmingswisselingen.'

Niemand wilde het, maar iedereen moest lachen. En als er een op adem kwam, lagen de anderen juist weer dubbel. Ze hadden allemaal tranen in hun ogen toen er op de deur geklopt werd.

Melanie deed open. Het waren de Pygmeeën. Eerst zag Sprotje alleen Steve, toen ontdekte ze ook Willem. Steve had

zijn camera bij zich, die door plakband bij elkaar werd gehouden.

Willem stond een tijdje te schutteren, waarna Steve het woord nam. 'We komen jullie afhalen voor het avondeten en onze Chef heeft nog iets met de Opperkip te bespreken.'

Met een hulpeloos schouderophalen liepen Kim, Melanie, Roos en Lisa achter de twee Pygmeeën aan.

Nu pas zag Sprotje Fred staan. Hij leunde tegen het raam op de gang.

'Mag ik binnenkomen?' vroeg hij met een kuchje.

Hij vatte haar zwijgen op als 'ja' en liet zijn vingers knakken. Dat kon Sprotje niet uitstaan.

Ze keek naar zijn handen en dacht aan de dag dat ze Fred de steen van haar vader uit Nieuw-Zeeland cadeau had gedaan. Fred was dol op stenen. Sprotje ook. En net als Fred hield ze ervan om keihard te fietsen. En van regen die in je gezicht slaat als het stormt in de herfst. Eigenlijk hield Sprotje van alle dingen waar Fred ook van hield. En als Fred nu niet meer van haar hield, kon Sprotje ook niet meer van zichzelf houden.

En Sprotje hield nu al niet van zichzelf, want zonder dat ze het wilde zei ze: 'Schiet een beetje op, ik heb honger.'

'Ik hoorde dat je je voet verstuikt hebt?'

'Voel ik al bijna niets meer van.'

' Oké...'

'Oké wat?'

'Mijn Pygmeeën en ik, we vinden dat we die Kuikens nou maar eens een lesje moeten leren. Ze hebben onze veters aan elkaar geknoopt en schuiven de hele tijd domme briefjes on-

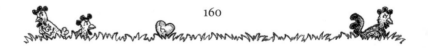

der de deur door die zogenaamd van jullie zijn.'

Sprotje wachtte af.

'Maar zoveel spelfouten maakten jullie niet eens toen we nog op de basisschool zaten.'

'Daar kom je voor? Om dat te zeggen?'

Fred aarzelde.

'Mijn opa ligt in het ziekenhuis.'

Wat betekende dat nu weer? Wilde hij nu ook nog medelijden?

'Ernstig?' vroeg Sprotje kortaf.

'Geen idee. Ik geloof het wel.'

Fred kwam naast Sprotje zitten en even had ze de indruk dat hij haar hand wilde pakken.

'Wij horen toch bij elkaar, Sprotje. Dat met Sabrina, ik weet niet wat jij bij het zwembad precies gezien hebt, maar...' Hij ging niet verder.

Sprotje haalde het kompas onder haar kussen vandaan. 'Wil je dit terug?'

'Nee. Eens gegeven blijft gegeven.'

'Je zou het anders best kunnen gebruiken.' Ze klemde het kompas zo stevig in haar vuist dat haar knokkels er wit van werden. 'Volgens mij ben je namelijk een beetje de weg kwijt.'

'Kan je me niet vergeven?' Hij zei het zo zacht dat Sprotje het bijna niet hoorde.

'Je kan nu maar beter gaan.'

Fred pakte haar hand. 'Toe nou, Sprotje...'

Ze trok zich los. 'Goed, dan ga ik wel.' Rustig liep ze de kamer uit. Ze rende niet. Maar als ze haar benen hun gang had laten gaan, dan had ze gerend en gerend, net als die nacht dat

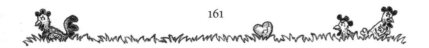

ze haar voet verzwikte. Op de trap bleef ze even staan. Ik haat hem, dacht ze, en tegelijk wist ze dat het tegendeel waar was.

De Wilde Kippen lagen in bed. Door het open raam kwam koele avondlucht naar binnen, en het doordringende gefluit van een merel die vanavond helemaal niet zijn best deed om voor een nachtegaal door te gaan.

Kim breide de laatste steken van het eerste blauw-roze gestreepte babysokje. In plaats van breinaalden gebruikte ze twee vleesspiesen die Lisa uit de keuken gepikt had.

'Het tweede sokje lukt vanavond niet meer.' Kim geeuwde en legde haar breiwerk weg. 'Maar ik heb nog tijd genoeg.'

Melanie zuchtte bij wijze van antwoord.

Sprotje haalde het kompas onder haar kussen vandaan en stopte het in haar weekendtas. Lisa probeerde een mug dood te slaan en stootte haar knie tegen het nachtkastje. De fles wortelsap viel boven op het potje met vegetarisch broodbeleg en de avocado's rolden op de grond. Vloekend liet Lisa zich op haar bed vallen en deed haar oordopjes in. De mug zoemde vrolijk verder.

Sprotje deed het licht uit. Wie zou er nu op onze kippen passen, vroeg ze zich af.

Het geluid van een ritssluiting. Kim stopte Steves cd in haar hartjeskussen.

In de vollemaan aan de hemel zat al een klein deukje.

'De Pygmeeën hebben gelijk,' zei Roos. 'We moeten het de Kuikens betaald zetten!'

Klopte het soms, wat er op de trap had gestaan? Waarom wond Roos zich er anders zo over op? Sprotje had een brok in

haar keel. Aan Melanies bed hing het tasje van de apotheek.

'Welterusten,' mompelde Kim, en bijna toonloos voegde ze eraan toe: 'Niet boos zijn dat ik als enige zo gelukkig ben.'

Sprotje kon haar tranen niet meer inhouden. Ze huilde geluidloos in haar kussen. Niet om zichzelf of Fred, niet om Roos of Melanie, ze huilde gewoon om het leven.

De volgende ochtend waren de Wilde Kippen lang voor Vivaldi uit de veren. Kim, Roos, Sprotje en Lisa stonden in de wasruimte voor de deur van de wc ongeduldig te wachten tot Melanie naar buiten kwam.

Kim keek zenuwachtig op haar horloge. 'Het is al zeven uur geweest. Dan is het toch nog wel ochtendurine, hè?'

Eindelijk ging de deur open. 'Hoezo ochtendurine? Ik heb wat van afgelopen zomer genomen.' Melanie gaf de zwangerschapstest aan Kim.

Kim bleef met het teststrookje in haar hand stokstijf staan. 'Hoe kan je op zo'n moment nou grappen maken?'

Een beetje gestrest stopte Melanie de verpakking en de bijsluiter van de zwangerschapstest terug in het tasje van de apotheek. 'Als je liever hebt dat ik ga huilen...'

'Wacht nou eerst maar eens op de uitslag,' zei Roos. Ze zag er bleek en moe uit.

Kim gaf het strookje aan Melanie terug.

'Zie je al wat?' vroeg Lisa.

'Het hoofdje is er al uit.'

Maar daarna lukte het Melanie niet meer om haar angst achter bijdehante opmerkingen te verbergen.

Kim pulkte het blauw-roze sokje uit haar broekzak. 'Straks

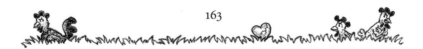

heb ik het eerste sokje nog voor niets gebreid.'

'Wat klein.' Sprotje kon zich geen mensje voorstellen dat zo klein was dat dit sokje zou passen.

Lisa kreeg weer een toneelblik in haar ogen. '*O, schonk een goede god ons eenmaal ook het lot van de benijdenswaarde worm, om in het nieuwe zonnedal de vleugels vlug en zalig uit te spreiden.*'

Door het smalle raam viel een zonnestraal op de spiegel. In de wasbak eronder schitterde een regenboogvlek.

Roos schudde afkeurend haar hoofd. 'Aan Shakespeare hebben we nu ook niks.'

'Dat was Goethe, dat is een Duitser,' zei Lisa koppig. '*Torquato Tasso*, dat zou ik ook wel eens willen spelen. Maakt me niet uit of ik de dichter Tasso ben of de prinses d'Este.'

Laat Noor en die andere tutjes het maar niet horen, dacht Sprotje.

'Maar dan moet je echt naar de toneelschool, niet naar zo'n castingbureau,' zei Roos.

Lisa zuchtte. 'Zouden ze me gebeld hebben?'

'Als jij hen nou eens belt?'

'Ze zeiden dat ze door de telefoon geen inlichtingen gaven.'

Daarna zeiden ze niets meer. De Kippenvriendinnen kwamen steeds dichter om Melanie heen staan.

'Blauw.' Melanies stem trilde.

Een seconde lang durfde niemand adem te halen, toen begonnen ze allemaal door elkaar te praten. 'Blauw, wat is dat? Wat betekent blauw?'

Melanie liet het teststrookje in het plastic tasje vallen. 'Zwanger.'

Zwijgend sloegen ze hun armen om elkaar heen. Kim was de eerste die haar tong terugvond. 'Dan kan ik dus met het tweede sokje beginnen.'

'En ik...' Melanie slikte. 'Moet je horen, ik wil niet dat Willem het te weten komt.'

Roos keek naar de grond.

Te laat, dacht Sprotje, hij weet het al.

'Wat is dit nou weer?' riep Lisa, die al naar de deur gelopen was. Ze drukte de deurkruk een paar keer omlaag. 'Op slot.'

Sprotje wees naar de kale spijker midden in een vettige plek op de muur. 'De sleutel van de schoonmaakster is weg.' Ze duwde Lisa opzij en gluurde door het sleutelgat. 'De sleutel zit er aan de buitenkant in. Dat is het werk van de Kuikens.'

Op dat moment galmde Vivaldi uit de luidsprekers.

'Nu ben ik er klaar mee. Ik ga ze mores leren,' zei Melanie, en ze begon op de deur te bonken.

'Melanie, hou op.' Roos ging onder het raam staan en haakte haar vingers in elkaar. 'Ik denk dat Lisa de enige is die daardoor past.'

'Dat menen jullie toch niet?' zei Lisa verontwaardigd.

'Jawel hoor,' zei Sprotje. 'Door deze holle weg moet je gaan, Lisa Tell!'

Lisa kroop door het raam en klom op de omloop. Een minuut later kwam ze helemaal buiten adem bij de wasruimte aan, draaide de sleutel om en bevrijdde haar vriendinnen.

De Wilde Kippen waren nog net op tijd voor het ontbijt. Lilli, Bob en Verena liepen juist met hun klasgenoten en mevrouw Honing de eetzaal uit. De Kippen ontploften bijna toen ze de Kuikens brutaal zagen grijnzen.

'Lachen,' fluisterde Sprotje met opeengeklemde kaken. 'Altijd blijven lachen. Wie het laatst lacht, lacht het best.'

'Hé, Opperkip.' Steve wenkte de Kippen naar de tafel van de Pygmeeën.

Sprotje aarzelde, maar toen overwon de Opperkip haar gekrenkte trots, en ze ging tegenover Fred zitten. Ook de andere Wilde Kippen schoven aan. Willem maakte plaats voor Melanie.

De Kippen en de Pygmeeën staken de koppen bij elkaar en begon plannen te smeden, alsof ze de tijd konden terugdraaien en je je aan je kindertijd kon vastklampen als je het bij het volwassen worden even niet meer wist.

Het werk in de bos- en riviergroep duurde ergerlijk lang en stoorde de Wilde Kippen en Pygmeeën bij het uitwerken van een plan.

'Wraak is zoet,' zei Willem bij de gezamenlijke picknick, en met een blik op zijn broodje salami voegde hij eraan toe: 'Of liever gezegd, hartig.'

Roos stak een stuk kaas in haar mond. 'Soms is wraak ook ei met behangplaksel.'

'Ei is prut,' gromde Steve. 'We kunnen beter gehakt van ze maken.'

Behalve domme grappen wist geen Kip of Pygmee iets te verzinnen, maar het leidde de aandacht in elk geval een beetje af, en Melanie zei zelfs af en toe iets tegen Willem en Sprotje tegen Fred. Het waren weliswaar onbelangrijke dingen, zoals 'Wil je dit reageerbuisje even vasthouden?' of 'Hier zijn de laatste watermonsters', maar toch.

Het was Roos die hen aanspoorde een plan te bedenken. Telkens weer somde ze op wat de Kuikens hun allemaal aangedaan hadden. En Roos had uiteindelijk ook het winnende idee.

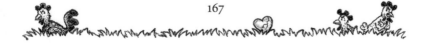

Zij, Lisa en Sprotje zamelden de rood-witte afzetlinten van de bosgroep in. Sprotje stond naast het bord OUDE MIJN. TOEGANG VERBODEN! en hield het ene uiteinde van een lint vast, terwijl Lisa het vanaf de andere kant oprolde.

'Ieeh.' Lisa tilde haar voet op. 'Is dat hertenpoep? Of waar sta ik eigenlijk in?' Met een vies gezicht veegde ze de onderkant van haar schoen af aan een wortel. Maar opeens verdwenen de rimpels uit haar neus. 'Dat is het! We stoppen gewoon dit stinkspul in hun kast!'

'Daar gaan die irritante ettertjes vast compleet van over de rooie,' knikte Sprotje, terwijl ze het uiteinde van de rol lint vastmaakte met een stukje plakband.

Roos stopte het plakband terug in haar rugzak. 'Het gaat er niet om dat die klieren over de rooie gaan.'

'Waar dan wel om?'

'Ze moeten snappen dat je je neus niet in andermans zaken moet steken.'

'Wie een kuil graaft voor een ander, valt er zelf in, bedoel je?'

Roos staarde langs Sprotje naar het bord voor de ingang van de mijn. 'Precies. En ik weet ook al hoe.'

De Kippen en de Pygmeeën gebruikten hun vrije middag voor fase één van Roos' plan. Ze stopten lakens in hun rugzakken, vonden in het koetshuis lijm en spuitverf, leenden daar ook stiekem gereedschap en andere spullen, kochten in het winkeltje van het kasteel veel te dure batterijen en maakten van papier-maché monsterlijke koppen die ze op hun zaklampen konden monteren. Roos knutselde van ijzerdraad

en een zwarte sok van Willem een vleermuis. Steve filmde met zijn opgelapte camera en was dolblij dat het ding het echt weer deed.

Terwijl Roos van een zwarte vuilniszak vleugels voor haar vleermuis maakte, kwam Lisa opgewonden terug van een verkenningstocht. 'De Kuikens zijn net terug uit het zwembad. Roos en Willem moeten nu overgaan op fase twee.'

Sprotje, Kim, Lisa, Melanie, Steve en Fred slopen naar de trap en gluurden met ingehouden adem door de spijlen van de reling.

Roos en Willem stonden een verdieping lager bij de deur van de gang. Roos keek gespannen omhoog en legde een vinger op haar lippen. Willem gooide de deur wijd open. Over de vloer liep een spoor van waterdruppels. Kennelijk waren Lilli, Bob en Verena net met natte haren naar hun kamer gegaan.

Willem liep naar de deur met de domme tekening en zei halfluid: 'Hé, Roos, goed dat ik je zie!' Hij boog zich naar de deur en luisterde. Blijkbaar kwam er geen reactie, want hij haalde zijn schouders op en herhaalde iets harder: 'Hé, Roos, goed dat ik je zie... Ik moet je dringend spreken!' Willem legde zijn oor tegen de deur, grijnsde tevreden en gaf Roos een teken.

'Waar gaat het over?' vroeg Roos, al even hard. Het klonk alsof ze haar tekst oplas.

'Het gaat over Melanie.' Nu sloeg Willem een arm om Roos heen. Voetje voor voetje schuifelden ze door de gang.

Roos loerde naar de deur. 'Wat is er dan?' vroeg ze.

'Ik heb mijn mond voorbijgepraat.' Willem trok Roos langzaam verder.

Achter hen ging de deur van de Kuikens op een kiertje.

'Wat heb je gezegd?' vroeg Roos.

'Melanie weet van het Kippen- en Pygmeeënfeest.'

'Maar we wilden haar er toch niet bij hebben?' acteerde Roos.

Een halve verdieping hoger keek Sprotje naar Melanie. Maar die vertrok geen spier.

'Hopelijk weet ze niet waar en wanneer.' Roos drukte zich tegen Willem aan. 'Die spelbreekster gaat zich toch alleen maar lopen aanstellen.'

Willem zei niets.

Zeg het nou, dacht Sprotje op de overloop.

'Waarom trek je zo'n gezicht?' Dat was Roos weer.

Hoewel de deur van de gang openstond waren zij en Willem nu niet meer te zien.

'Je hebt toch niet gezegd dat het feest vanavond om half elf in de oude mijn is?' ging Roos verder.

'Ja, helaas wel. Ik heb gezegd dat het feest vanavond om half elf in de oude mijn is,' antwoordde Willem als een echo.

Een minuut later kwamen Willem en Roos via het trappenhuis in de zijvleugel weer bij de kamer van de Wilde Kippen. Ze lagen dubbel van het lachen.

Fred klopte Willem op zijn schouder. 'Jij bent rijp voor een Oscar.'

Lisa zuchtte. 'Het liefst had ik die rol gespeeld, maar met Roos was het natuurlijk veel geloofwaardiger.'

Precies volgens plan was Willem alvast vertrokken voor fase drie. Bij het avondeten verontschuldigden ze hem bij me-

vrouw Rooze door te zeggen dat hij zoveel had gesnoept dat hij geen hap meer door zijn keel kreeg.

Lisa en Kim hamsterden stiekem fruit, kaas, worst en een heleboel broodjes. Lisa drukte zelfs een hele komkommer achterover. Ze zaten allemaal op hete kolen, tot mevrouw Rooze eindelijk zei dat ze van tafel mochten en ze weer naar hun kamer konden.

Vlug troffen ze de laatste voorbereidingen. Lisa en Kim smeerden broodjes en stopten de proviand in een rugzak. Steve liet trots de tuinfakkels zien die hij uit de kist naast de open haard in de kemenade had gegapt. Fred testte de gewone en de monsterzaklampen. Het papier-maché was nog niet helemaal droog, maar ze gaven nu al een griezelig licht. Toen was het tijd om te vertrekken.

'Fase vier!' Steve hees de rugzak met lakens op zijn schouders. Om zijn nek hing zijn camera, waarop hij met markeerstift een haaienbek had getekend.

Fred bukte zich naar zijn tas met fakkels en lampen, Melanie pakte haar beautycase. 'Hoe komen we straks eigenlijk de jeugdherberg weer in? 's Nachts zit toch alles op slot?'

'Geen probleem,' zeiden Fred en Sprotje in koor.

Alles waar Sprotje haar ogen voor had willen sluiten zag ze nu weer voor zich. De stenen leeuw bij de achterdeur van de keuken, de losse plank in de schutting, de draaimolen en de wip in het zwembad.

Fred leek iets tegen Sprotje te willen zeggen, maar hing uiteindelijk zwijgend zijn tas om zijn schouder en liep met grote stappen weg.

Als in trance hield Sprotje haar kippenveertje omhoog. De

andere Kippen volgden haar voorbeeld. Sprotje wilde eigenlijk iets Opperkipachtigs zeggen, maar wat eruit kwam was: 'Misschien is dit wel onze laatste Kippenactie.'

Willem, die al vooruitgegaan was, had om de paar meter een kleurig papieren vlaggetje in de grond gestoken. Desondanks was alleen al de wandeling door het donkere bos behoorlijk eng. Sprotje schrok zich dan ook dood toen Lisa haar bij een arm pakte.

'*Hoor! Stil. Het was de schreeuw van de uil, die onheilsbode die grimmig goedenacht wenst.*'

'Maakt niet uit wat het is, Lisa, het is irritant.'

'Shakespeare.' Lisa scheen zichzelf in het gezicht en keek somber voor zich uit. 'Lady Macbeth zegt het terwijl haar man de koning uit de weg ruimt.'

Sprotje liep weer verder. Er was geen uil te horen, al zou het wel bij deze avond gepast hebben.

Aan het bord OUDE MIJN. TOEGANG VERBODEN! hing een lampion in de vorm van een doodskop. Maar in de gang zelf werd het nog spookachtiger.

'Huuh.' Kim trok haar schouders op alsof ze het koud had. 'Het is echt griezelig hier. Net een Egyptische grafkamer.' Op de muren naast de trap waren vreemde hiërogliefen geschilderd.

Recht voor hen hing opeens een duivelse tronie met gloeiende ogen. 'Aaaarghh... ik ruik mensenvlees!'

Kim gaf een gil. Roos liet van schrik het zaklampje van Willem vallen. Sprotje pakte Freds hand, maar liet hem meteen weer los.

'Het is Willem maar.' Fred scheen Willem in zijn gezicht.

'Kom mee,' wenkte Willem met zijn papier-machézaklamp.

Boven de kisten met helmen was een skelet op de muur gespoten. Het was net alsof het op een van de deksels zat. Willem kon altijd nog een graffitikunstenaar worden.

Een stukje verderop bleef Kim abrupt staan. 'Wat was dat?'

Ze luisterden.

'Nu hoorde ik het ook,' fluisterde Sprotje. Het was een zielig gejank, als van een dier in doodsnood.

'Daar, nou hoor ik het weer.'

'Dat is gewoon mijn maag, Kim.' In het schijnsel van alle lampen die nu op hem gericht werden sloeg Steve zich op zijn buik. 'Ik krijg altijd honger als het spannend wordt.'

'Lisa en ik hebben broodjes gesmeerd.' Kim rommelde in haar rugzak met proviand. 'Hier.'

'Je bent fantastisch, Kim,' zei Steve. Hij nam het in papier gewikkelde broodje dankbaar aan.

Willem wees in het donker. 'Jullie lopen nu gewoon rechtdoor. Waar de gang zich splitst hou je links aan.'

'En jij?' Steve probeerde met zijn ene hand het broodje uit te pakken en met de andere te filmen. 'Je krijgt zeker de bibbers, je wilt terug naar je warme bedje, hè?'

'Ik ga met Melanie terug naar de ingang,' zei Willem beslist.

'Hoezo met mij?' Melanie hield haar beautycase voor zich als een pantser. 'Ik moet de anderen straks toch nog schminken?'

'Dat kunnen ze zelf ook wel.' Willem pakte haar de beautycase af en gaf hem aan Lisa.

Sprotje wist dat Willem alleen maar even met Melanie alleen wilde zijn.

En Roos wist het ook, al liet ze niets merken. 'Iemand moet toch naar die kleine ettertjes uitkijken en ons op tijd waarschuwen?'

'Dit hebben jullie zo afgesproken, hè?' zei Melanie met trillende stem.

Willem begon doodleuk te lopen. Melanie snoof vol verachting, maar ze ging wel achter hem aan. Roos hing haar vleermuis van oude sok aan een verroeste spijker in het plafond, en toen liepen ze verder, steeds dieper de mijn in.

Steve gooide het papier op de grond en nam een hap van zijn broodje. 'Mmm.'

'Fijn dat je het lekker vindt,' zei Kim. Zij en Steve bleven een paar stappen achter bij de anderen.

'Mmm.' Steve kauwde met smaak en prees het broodje de hemel in. 'Mmm. Superlekker. Echt, Kim... overheerlijk. Mmm, zalig.'

Kim haalde haar schouders op. 'Vegetarisch, je moet ervan houden. Met veel avocado.'

Steve rolde genietend met zijn ogen. 'Mmm.' Hij merkte niet dat Fred, Roos en Sprotje waren blijven staan en nu toekeken terwijl hij Kim verliefd stond aan te staren. 'Echt, Kim, dit is het lekkerste broodje dat ik ooit gegeten heb.'

'Oké.' Kim glimlachte. 'Ik zal het tegen Lisa zeggen. Die heeft de vegetarische broodjes gemaakt.'

De toeschouwers zagen het enthousiasme zo van Steves gezicht af glijden. 'Je bedoelt dat dit helemaal niet van jou is?' Hij kauwde opeens alsof hij watten in zijn mond had.

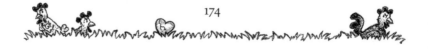

'Ik heb die met salami gemaakt.' Kim liep door. 'Waar wachten jullie op?'

'Deze kant op.' Fred scheen met zijn zaklamp in de linkergang en ging hen voor. De anderen sjokten achter hem aan. Helemaal achteraan liep Steve, die nog snel de rest van zijn broodje avocado in de donkere gang rechts gooide.

Nog geen minuut later kwamen ze in een iets bredere en hogere ruimte. Daar liep de gang dood. Ze waren allemaal diep onder de indruk van wat Willem hier gepresteerd had.

Er waren twee grote schilderijen op de muren gespoten. *De Gruwelijke Pygmeeën* sierde de ene muur, *De Wilde Kippenvampieren* de andere.

'Willem heeft echt talent,' zwijmelde Roos.

'Een echte Willemangelo,' proestte Steve, waarna hij er bijna bedrukt aan toevoegde: 'Dat zou Mat in elk geval gezegd hebben als hij erbij was.'

'Nou, ik vind dat Willem hem goed getroffen heeft.' Fred scheen op een derde schilderij, dat onmiskenbaar Mat voorstelde.

'Zo is hij er toch een beetje bij,' zei Kim ontroerd, en ze gaf Steve een broodje met salami.

Terwijl Roos met Melanies oogpotlood een spinnenweb op Kims gezicht schminkte, verkleedde Lisa zich als lakenspook.

'Fase vijf, het grote Kuikens-de-stuipen-op-het-lijf-jagen,' zei Steve. Intussen bezorgde Kim hem met Mels lippenstift een bloedneus.

Maar fase vijf liet op zich wachten. Roos keek op haar horloge. 'Waar blijven ze nou?'

'Die doen het straks in hun broek,' grinnikte Lisa. 'Dit lesje zullen ze niet gauw vergeten.'

'En als ze nou niet komen?' Sprotje vond dat het wel heel lang duurde.

'Toen wij zo oud waren als zij...' Kim gaf Steve nog een broodje met salami, '...zouden we stipt op tijd in onze val gelopen zijn.'

Steve grijnsde met volle mond. 'En met onze val bedoel je die van de Pygmeeën.'

'Wie heeft ook alweer wie gevangen met het fruitnet van Sprotjes oma?' Kim gaf hem een duwtje.

'Jij mij,' fluisterde Steve.

Nu pas zag Sprotje dat die twee elkaars hand vasthielden. Ze bukte zich en haalde een pak koekjes uit haar rugzak. 'Ook een koekje?' Ze stak het pak naar Fred uit. Hij nam er een. Even stonden ze allebei zwijgend te kauwen.

'Nog iets van je opa gehoord?' vroeg Sprotje uiteindelijk.

'Hij ligt nog steeds in het ziekenhuis.'

Sprotje nam nog een koekje. Ze wilde heel gewoon doen, maar vanbinnen beefde ze van opwinding omdat ze eindelijk weer met Fred praatte. Het ging zo makkelijk en het deed haar zo goed. 'Wie zorgt er nu eigenlijk voor Emma en Isolde en de rest?'

Fred leek met zijn gedachten heel ergens anders te zijn.

'Onze kippen? Wie geeft die nu te eten?'

'Mijn ouders hebben het tegen je oma gezegd.'

'O jee, dan zijn ze vast dood en bevroren als we terugkomen.' Sprotje maakte een grapje, maar Fred lachte niet.

'Goh, wat meelevend van je!' Hij gooide de rest van zijn

koekje op de grond. 'Mijn opa gaat misschien wel dood.'

'Het spijt me.' Sprotje was zo kwaad op zichzelf dat ze er duizelig van werd. Maar toen zei ze ook nog: 'En hoe zit het met die Sabrina en jou?' Het liefst had ze haar tong afgebeten. Ze ontweek Freds ijzige blik.

'Sabrina?' Fred stak zijn kin naar voren. 'Sabrina is in elk geval een stuk tactvoller dan jij.' Hij pakte de tuinfakkels en liep ermee de gang in.

Roos stond intussen zenuwachtig met haar lamp te knipperen. 'En als Melanie en Willem nou eens ruzie hebben gekregen?'

'Dan hebben de Kuikens het gehoord en zijn ze gewaarschuwd,' zei het Lisa-spook. De lakens voor Willem en Melanie hingen over haar schouder.

Maar Sprotjes enthousiasme voor de hele actie was als sneeuw voor de zon verdwenen. Ze had er schoon genoeg van om rond te hangen en af te wachten. 'Ik ga even bij Willem en Melanie kijken.'

'Wacht, ik ga mee.' Roos liep met Sprotje mee door de haag van brandende tuinfakkels, die Fred links en rechts in de gang had neergezet.

'Wij gaan even bij Willem en Melanie kijken,' zei Roos tegen Fred, die met een aansteker de laatste fakkel aanstak. Sprotje liep zonder iets te zeggen langs hem richting uitgang.

Zwijgend volgden Roos en Sprotje de bochtige gang, maar toen bleven ze als op een geheim teken naast een van de kisten met helmen staan luisteren. Roos deed vlug haar zaklamp uit. Willem en Melanie konden hooguit een of twee bochten verderop zijn.

'Heb je het koud?' Dat was de stem van Willem.

Roos en Sprotje hoorden iets ruisen; waarschijnlijk sloeg Willem zijn jack om Melanies schouders.

'Hoe gaat het met je?'

Naast Sprotje schudde Roos haar hoofd, alsof Willem iets heel doms had gezegd.

'Hoe het met me gaat?' Melanie lachte gemaakt en werd meteen weer ernstig. 'Waarom wil je dat weten?'

'Omdat...' hakkelde Willem. 'Ik weet het. Van de baby.'

Melanie zei maar één woord. 'Roos.'

Sprotje merkte dat Roos sneller begon te ademen.

'Waarom heb jíj het me niet verteld?' vroeg Willem zacht.

Hij kreeg geen antwoord. Er was sowieso niets meer te horen. Misschien zijn ze naar buiten gegaan, wilde Sprotje al zeggen, maar daar was de stem van Willem weer.

'Dit is een beetje te heftig voor me, Mel.'

'Typisch. Het gaat weer eens alleen om jou!'

'Ik bedoel, we hebben toch geld gespaard voor ons eigen huis? Dat geef ik je. En Sabrina zegt dat er speciale hulpverleners zijn...'

Sprotjes keel werd dichtgesnoerd.

'Wat heeft Sabrina er nou weer mee te maken?' snauwde Melanie.

'Je kunt geen abortus krijgen voor je een gesprek met ze hebt gehad.'

Op de losliggende stenen knarsten voetstappen. Roos en Sprotje drukten zich geschrokken tegen de kist met helmen, maar Melanie liep alleen op en neer.

'Als je geen abortus wilt kun je het ook laten adopteren.'

Het knarsen hield op.

'Zeg nou eens wat, Mel.'

Weer voetstappen.

'Wat denk jij?'

Naast Sprotje druppelde water van het plafond. Verder was het doodstil.

Sprotje deed haar ogen dicht. Ze zag Melanie voor zich, hoe ze nu voor Willem stond, in zijn jack gehuld, met de veel te lange mouwen tegen zich aan gedrukt.

'Mij lijkt het fijn om een kind te hebben.'

Roos en Sprotje durfden geen adem te halen. Het druppelen leek nu langzamer te gaan.

'Maar een kind heeft ouders nodig.'

'Je wilt het uitmaken.'

'Ik help je natuurlijk met alles wat met de baby te maken heeft.'

Een lange seconde verstreek. Toen zei Melanie met schorre stem. 'Hou me nu dan tenminste even vast...'

Precies op dat moment kwam er vanbuiten een schreeuw. 'Oewa... shit... wat is het hier steil.'

'Ik kom eraan, Bob...' Er werd gejoeld en gelachen. 'Hier is de ingang! Schiet op, Verena!'

'Daar heb je ze!' Sprotje trok Roos dieper de gang in, en in het donker struikelden ze bijna. Achter hen naderden de voetstappen van Willem en Melanie. Roos en Sprotje schoten de hoek om en Roos knipte de zaklamp aan.

'Wat doen jullie hier?' Ook Willems zaklamp ging aan.

'Kijken waar jullie blijven,' hijgde Roos.

'De Kuikens komen eraan.' Melanies handen waren niet te

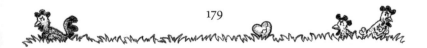

zien, zo lang waren de mouwen van Willems jack.

'Vlug terug naar de anderen,' drong Sprotje aan. 'Als ze ons hier al zien is alles verpest.'

Zo zachtjes mogelijk renden Sprotje, Roos, Melanie en Willem de gang door. Bij de splitsing namen ze de linkergang, en even later kwamen ze buiten adem aan in het onderaardse gewelf, waar de andere Kippen en Pygmeeën ongeduldig stonden te wachten.

'Lampen uit en doodse stilte,' commandeerde Fred. 'En zodra ze hier zijn: griezellampen aan!'

Het flikkerende licht van de tuinfakkels, opgesteld als de lampen van een landingsbaan, veranderde de gang voor hen in een gloeiende hellepoel.

Alsof hij alles nog een keer wilde controleren scheen Fred alle Kippen en Pygmeeën een voor een in hun gezicht.

'We zien er zo griezelig uit dat ik er zelf bang van word,' fluisterde Kim. Steve sloeg een arm om haar heen. Samen vormden ze zoiets als een tweekoppige Kippenpygmee, maar ze konden ook makkelijk doorgaan voor een Pygmeeënkip.

'Oké, geen kik, hè? Sst!' Fred deed zijn zaklamp uit – en knipte hem meteen weer aan. De lichtbundel sneed een rond beeld uit het donker: Kim en Steve die elkaar kusten.

Sprotje pakte Fred de lamp af en deed hem definitief uit. Kim en Steve hadden er niets van gemerkt.

De acht monsters van de nacht wachtten tot ze in actie moesten komen. En wachtten. En wachtten...

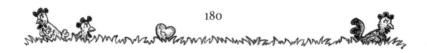

...en wachtten. En ze wachtten tevergeefs.

'Verdorie, waarom komen ze nou niet?' Steve richtte zijn drakenmuilzaklamp op Fred.

'Licht uit,' siste Lisa. 'Ik hoor iets.'

Steve knipte de drakenmuil weer uit.

Maar Lilli, Bob en Verena kwamen niet. Sprotje, Roos, Willem en Melanie hadden er net maar anderhalve minuut over gedaan om de hele gang door te lopen.

Melanie scheen Willem in zijn gezicht.

'Wat ziet Willem er eng uit,' zei Lisa.

'Net als altijd dus,' grapte Steve.

'Die Kuikens zijn vast bang geworden en teruggegaan,' fluisterde Kim. 'Tenminste, als ik hun was, was ik bang geworden en teruggegaan.'

'In je eentje misschien,' zei Sprotje. 'Maar als Roos en ik bij je waren? Wij met z'n drieën als club?'

Kim dacht er even over na. 'Als club hadden we het nooit opgegeven.'

'Er zijn maar twee mogelijkheden,' zei Fred. 'Ze deden het

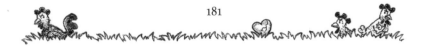

in hun broek en zijn weer naar huis, óf ze hebben de rechtergang genomen.'

'Waar gaat de rechtergang heen?' vroeg Lisa.

'We moeten ze gaan zoeken, Opperkip.' Fred verblindde
Sprotje bijna met zijn lamp.

'Oké,' knikte Sprotje. 'Kim en Steve houden hier de wacht,
voor als de Kuikens komen terwijl wij aan het zoeken zijn.'

'En als jullie verdwalen zitten wij hier te verhongeren,' zei
Steve, met zijn derde broodje salami in zijn hand.

Fred keek op zijn horloge. 'Over precies een kwartier zien
we elkaar hier weer.'

'Melanie kan misschien ook beter hier blijven.' Sprotje
keek Melanie vragend aan.

Melanie knikte.

Fred, Willem, Roos, Lisa en Sprotje gingen op weg. Bij de
splitsing scheen Willem op de hiërogliefen, die duidelijk de
linkergang in wezen. 'Hoe dom ben je als je dan nog naar
rechts gaat?!'

'We weten het toch ook niet zeker?' Lisa liep als eerste de
rechtergang in. 'Kijk eens, ik heb iets gevonden.'

Met hun zaklampen kwamen ze om Lisa heen staan. Lisa
tilde het ding tussen duim en wijsvinger op. 'Een half broodje?' Ze bekeek het aandachtig. 'Met avocado. Dat heb ik gemaakt.'

'De vraag is hoe het hier terechtgekomen is,' zei Fred.

'Steve heeft het weggegooid.' Sprotje scheen met haar lamp
de gang in. Het lichtschijnsel kwam niet verder dan de eerste bocht. 'Dat heeft die ettertjes misschien op het verkeerde
spoor gezet.'

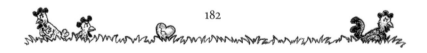

'Lilli?' riep Fred. 'Bob, Verena? Zijn jullie daar ergens?'

Er kwam geen antwoord.

Sprotje sloeg de eerste hoek om. Zwijgend volgden de anderen haar dieper de mijn in.

'Het is mijn schuld,' mompelde Roos. 'Het was mijn idee. Als hun iets is overkomen, is het mijn schuld.'

We vonden het allemaal een geweldig idee en we hebben allemaal meegedaan, wilde Sprotje zeggen, maar ze struikelde en viel met haar elleboog tegen de muur. 'Au, shit!'

Sprotje had haar lamp laten vallen en wreef over haar elleboog. 'Niets aan de hand,' zei ze om de anderen gerust te stellen, terwijl ze op de tast haar zaklamp vond. Ze schudde ermee, maar het gloeilampje had de val kennelijk niet overleefd.

Willem rukte het monster van papier-maché van zijn lamp om meer licht te hebben.

Nu ze gevallen was deed Sprotjes voet ook weer zeer.

Om de paar meter riepen ze de namen van de Kuikens en bleven dan staan luisteren. Niets. Ze wilden alweer bijna omkeren toen Lisa zich plat tegen de muur drukte en schreeuwde: 'Ieeh... wat is dat?!'

'Wat?' Sprotje schuifelde naar haar toe.

'Ik dacht dat ik een kever zag, maar dan een hele grote.'

Roos scheen op de grond. 'Klopt.' Ze bukte zich en liet de anderen zien wat ze gevonden had. 'Een lieveheersbeestjeslamp.' Roos drukte op het knopje van de kinderzaklamp. Hij deed het niet meer. Fred nam het lieveheersbeestje van haar aan en bekeek de onderkant in het licht van zijn eigen zaklamp. Hij hoefde niets te zeggen. Iedereen zag wat er met roze

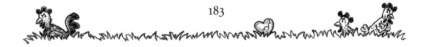

markeerstift op de zwarte buik stond: *Bob.*

'Ze zijn verdwaald.' Lisa sprak uit wat iedereen dacht.

Weer begonnen ze te roepen. Tevergeefs. Ze sloegen een volgende hoek om en bleven als aan de grond genageld staan.

'O nee,' fluisterde Lisa.

In het licht van hun lampen zagen ze een splitsing, en naast hen de smalle doorgang naar weer een andere zijgang. Diep in de ingewanden van de mijn ruiste water.

'Horen jullie dat?' vroeg Fred. 'De rivier. Die stroomt hier onder de grond. Dat is écht gevaarlijk.'

Sprotjes vingers sloten zich krampachtig om de lieveheersbeestjeslamp. Ze moest een beslissing nemen. 'We hebben hulp nodig.'

'Wou je onze hele actie verraden?' Willems stem sloeg over. 'Is dat wat je wilt? Dat ze onze ouders waarschuwen? Nog een brief mee naar huis?'

'Ik ga Groenewoud en Rooze halen.' Het kostte Sprotje moeite om de paniek uit haar stem te weren.

'Mijn vader flipt, hij breekt al mijn botten en haalt me van school!' Willem pakte Roos' hand. 'Kom op Roos, zeg nou eens wat!'

'We halen hulp. Ik ga met Sprotje mee.'

'Ze hebben gelijk.' Fred pakte Willem bij een schouder. 'Wij halen Melanie, Steve en Kim en zoeken in groepjes van twee verder.'

'Maar jullie gaan niet de held uithangen.' Sprotje wachtte tot Fred ernstig nee had geschud en ging toen vlug met Roos op weg naar de uitgang.

In het bos was het bijna warm in vergelijking met de kille, vochtige onderaardse gangen. Het was te donker om te rennen, maar in het schaarse licht van Roos' zaklamp liepen ze zo hard als ze konden. Gelukkig hadden ze de omgeving dankzij het project zo goed leren kennen dat ze niet meer konden verdwalen.

'Het is mijn schuld,' hijgde Roos telkens weer.

Sprotje was zelf zo buiten adem dat ze niet de kracht had om haar tegen te spreken. Haar voet deed pijn.

Eindelijk waren ze bij de achterdeur van de keuken. Sprotje tilde de leeuw op, Roos pakte de sleutel.

'Dat hele plan, het ging de hele tijd alleen maar om mij, ik wilde mijn problemen vergeten, ik wilde dat het allemaal maar een spelletje was.' Roos, die anders zo zwijgzaam kon zijn, praatte de hele weg zachtjes voor zich uit.

Ze renden door de keuken naar de hal, langs het opgezette everzwijn, de trap op, waarna ze uit elkaar gingen. 'Ik haal Groenewoud en jij Rooze.' Sprotje ging naar links, Roos ging rechtsaf naar de vleugel van de meisjes.

Na Mats inzinking was Sprotje in de kamer van meneer Groenewoud geweest, maar nu rende ze al een eeuwigheid door de lange gangen van de jeugdherberg en kon ze hem niet vinden. Was haar moeder er nu maar, maar die karde weer met een bus vol toeristen door de streek en zou pas morgenochtend terugkomen.

Daar, die schoenen voor die deur, dat waren de wandelschoenen van meneer Groenewoud! Sprotje wilde al aankloppen toen ze zag dat de deur op een kiertje stond. Ze gaf er een duwtje tegen. Op het tafeltje brandde een kaars. Ernaast

lag een zakje geroosterde pinda's en daarop troonde, als op een kussen, het blauwe doosje. Meneer Groenewoud stond met zijn rug naar Sprotje toe. Ze schraapte verlegen haar keel.

'Ik wist dat je zou komen.' Terwijl hij uit een klein flesje champagne in een tandenpoetsglas schonk draaide meneer Groenewoud zich langzaam om. 'Precies op het goede mo... Sprotje?!' Hij staarde Sprotje aan alsof ze een spook was.

'Er is iets stoms gebeurd, meneer Groenewoud,' zei Sprotje schuchter.

'Ik dacht dat je... ik dacht dat Sarah, ik bedoel mevrouw Rooze...'

Voordat Sprotje kon uitleggen wat er aan de hand was hoorde ze op de gang al de stem van mevrouw Rooze.

'Jan... Ze hebben er weer een zootje van gemaakt!'

Op het laatste moment liet meneer Groenewoud het blauwe doosje in de zak van zijn jasje glijden, en toen stonden Roos en mevrouw Rooze al naast Sprotje.

'Wat hebben jullie nu weer uitgevreten?' Meneer Groenewoud maakte een lichtelijk overspannen indruk.

Terwijl hij zijn wandelschoenen aantrok vertelden Roos en Sprotje wat er gebeurd was. Met zijn vieren haalden ze Max, die meteen de leiding nam.

Ze liepen achter Max aan over de binnenplaats naar het koetshuis. Max maakte licht. 'Niet bang zijn, we vinden ze wel. Ik heb mijn halve jeugd in die mijn doorgebracht. Ik ken hem als mijn broekzak. Het kan even duren, maar we vinden ze.' Max stopte touwen en grote accuschijnwerpers bij de walkietalkies in zijn rugzak.

In de mijn deelde Max helmen uit. 'Schattig,' zei hij, toen hij de helm op het hoofd van mevrouw Rooze rechtzette.

'Laten we nou maar liever opschieten.' Meneer Groenewoud richtte zijn lamp op Sprotje en Roos. 'Jullie brengen ons naar die splitsing.'

'Hier.' Max gaf meneer Groenewoud een walkietalkie.

Mevrouw Rooze greep meneer Groenewoud bij de mouw van zijn jasje. 'Moeten we de politie niet bellen?' vroeg ze.

'Als we ze over een halfuur nog niet gevonden hebben,' besloot meneer Groenewoud.

'Ieeeh!' Voor ze bij de eerste splitsing kwamen sprong mevrouw Rooze met een gil in de armen van meneer Groenewoud. De vleermuis die Roos geknutseld had was langs haar hoofd gestreken.

Meneer Groenewoud bescheen de aan het plafond bungelende vleermuis. '*Microchiroptera*,' zei hij, terwijl hij mevrouw Rooze stevig tegen zich aan drukte.

'Het is maar ijzerdraad en een oude sok, met een beetje papier-maché en plasticfolie,' zei Roos verontschuldigend.

Meneer Groenewoud bestudeerde Roos' kunstwerk. 'Een vale vleermuis, zou ik zeggen. Soms blijft er wel eens iets hangen van mijn lessen. Letterlijk.' Hij trok aan het touwtje van de vleermuis en mevrouw Rooze lachte.

'En jullie lerares is meteen niet bang meer.' Hij dook onder de vleermuis door. 'Heel mooi, Roos. Alleen de spanwijdte klopt niet helemaal.'

Even later kwamen ze Melanie, Lisa, Willem en Fred tegen.

'De zijgang ligt vol met puin,' wist Fred te melden.

'Puin?' Roos kreeg een paniekerige blik in haar ogen.

'En ze zijn niet in de schacht die in de rechtergang naar links afbuigt,' zei Fred, en wijzend naar de linkergang voegde hij eraan toe: 'Daar is aan het eind een hek.'

Niet lang daarna liepen ze Kim en Steve tegen het lijf. 'De middelste gang splitst zich na dertig meter.'

Max knikte. 'En na ongeveer vijftig meter is er rechts weer een splitsing.'

'Mijn lamp geeft de geest,' zei Willem.

Max gaf hem een schijnwerper en haalde een kaart uit zijn rugzak. 'Dit is een plattegrond van de mijn. We zijn nu precies hier.'

Ze bogen zich allemaal over de kaart.

Willem scheen om zich heen. 'Waar is Roos?'

'Sst.' Max legde een vinger tegen zijn lippen. 'Ze kan niet ver weg zijn.'

En inderdaad hoorden ze Roos' voetstappen duidelijk uit een van de gangen galmen. Willem rende achter haar aan. Max deelde de touwen en walkietalkies uit, en meneer Groenewoud en Sprotje gingen achter Willem en Roos aan.

Meneer Groenewoud blies op zijn eendenlokfluitje. 'Willem, Roos, jullie wachten op ons, is dat duidelijk?' riep hij.

In de andere gangen hoorden ze Melanie en mevrouw Rooze naar Lilli, Bob en Verena roepen. Recht vooruit echode de stem van Roos, die ook hun namen schreeuwde. En even later hoorden ze eindelijk een andere stem. Die van Bob.

'Help!!'

Groenewoud en Sprotje begonnen te rennen.

'Hier zijn we!' Dat was Verena.

Sprotje en Groenewoud renden een hoek om en gleden

bijna de diepte in. Onder hen ruiste de rivier.

Bob en Verena stonden met hun armen om een steunpilaar heen. 'Lilli is naar beneden gevallen.' Ze hadden allebei geen broek en geen jas meer aan.

'We hebben van onze kleren een touw gemaakt,' zei Verena bibberend. 'Maar het was niet lang genoeg.'

'Roos is beneden,' schreeuwde Willem, en hij rukte het touw van meneer Groenewouds schouder. Meneer Groenewoud scheen in de diepte. Een steile helling vol stenen voerde naar de ondergrondse rivier.

Roos stond tot aan haar buik in het water, met haar armen stevig om Lilli heen. 'Haar been zit klem,' riep ze.

Willem gooide het touw naar Roos en Roos haalde het onder Lilli's oksels door. 'Het spijt me zo,' zei ze, 'het was echt een achterlijk idee. Het is allemaal mijn schuld. Mijn vader heeft een minnares en mijn moeder weet er niets van, en dat wilde ik even vergeten, Lilli, begrijp je? Zo, hou je maar vast aan dat touw. Met twee handen, Lilli!' Roos keek op naar Willem. 'Nu trekken!' riep ze, en ze dook in het troebele water.

Willem, meneer Groenewoud en Sprotje trokken met vereende krachten aan het touw, en opeens gaf het mee. Lilli was vrij. Ze lag op de stenen en krijste hysterisch: 'Roos heeft mijn voet losgekregen! Ik ben los!'

Roos kwam weer boven water. Bibberend van de kou stond ze in de rivier. 'Ik wil hier weg. Willem, haal me hier weg.'

Meneer Groenewoud drukte de spreekknop van zijn walkietalkie in. 'We hebben ze.'

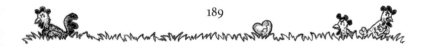

In de open haard van de kemenade knetterde een groot vuur.
Max legde er nog een paar houtblokken op.

Op een matras zaten Lilli, Bob, Verena en Roos. Ze hadden dekens om hun schouders en om hen heen zaten de
overige Kippen en de Pygmeeën. Maar voor hen troonden
mevrouw Rooze, meneer Groenewoud en mevrouw Honing
als opperrechters. Zo warm als het vuur was in hun rug, zo
koud sloeg het zwijgen van de leerkrachten hun in het gezicht.

Lilli was de eerste die er niet meer tegen kon. 'Maar Roos
heeft me toch gered!'

'Jij houdt je mond,' zei mevrouw Honing streng. 'Zodra
jullie weer een beetje bijgekomen zijn, heb ik een appeltje
met jullie te schillen.'

Meneer Groenewoud liep voor de beklaagden heen en
weer. 'Wat die drie brugklassers betreft, dat is de zaak van mevrouw Honing. Maar jullie...' Zijn blik ging langs de Pygmee-
en en de Wilde Kippen. 'Ik dacht dat jullie verstandiger waren. Ik heb altijd aan jullie kant gestaan. Maar nu ben ik alleen maar teleurgesteld.'

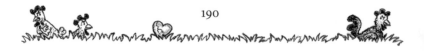

'We hadden het echt niet zo bedoeld,' zei Kim met een breekbaar stemmetje.

'En we weten dat we er een puinhoop van gemaakt hebben.' Roos legde haar deken over de benen van Bob. 'En eigenlijk was het allemaal mijn idee.'

Nu nam Fred het woord. 'Maar we konden toch niet weten dat...'

'Wat? Wat konden jullie niet weten?!' onderbrak mevrouw Rooze hem vinnig.

'Dat die sukkelige Kuikens meteen zouden verdwalen,' bromde Willem. Hij schoof wat dichter naar Fred toe. 'Ik bedoel, wie is er nou zo dom...' Roos gaf een harde ruk aan zijn mouw, waardoor hij nog net op tijd het licht zag. '...ik bedoel, zo dom als wij... om niet aan de mogelijke gevolgen van zijn gedrag te denken.'

Het bleef even stil.

Uiteindelijk nam mevrouw Honing Lilli, Bob en Verena mee. 'Ik stop die van mij nu in bed.' Ze wierp de Kuikens een boze grijns toe. 'Al moet ik jullie eigenhandig vastbinden.'

De Kippen en de Pygmeeën wilden zich ook uit de voeten maken, maar meneer Groenewoud schudde zijn hoofd. 'Zo makkelijk komen jullie er niet van af.'

De delinquenten lieten zich weer op de matras zakken.

'Het heeft weinig zin meer om jullie naar huis te sturen, want overmorgen vroeg rijden we sowieso terug. Maar jullie krijgen natuurlijk wel een officiële waarschuwing.'

Sprotje keek naar Willem, die strak naar de muur staarde.

'Maar het is alleen mijn schuld.' Roos keek smekend naar

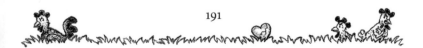

mevrouw Rooze. 'Alstublieft, mevrouw Rooze.'

'Nee.' Mevrouw Rooze schudde haar hoofd en sprak de rest van het oordeel uit. 'Jullie vormen morgen teams. Jullie helpen de hele dag meneer Visser...'

Max legde nog een houtblok op het vuur en knikte. 'Op zo'n kasteel is altijd wat te doen.'

'En jullie hebben keukencorvee – ontbijt en lunch, inclusief afwas. En jullie organiseren onze afsluiting,' vervolgde mevrouw Rooze. 'Ik verwacht uitvoerige presentaties over de uitkomsten van onze projecten over het thema "Landschap in verandering".' Ze masseerde vermoeid haar slapen.

Toen Sprotje achter de anderen aan de kemenade uit liep, draaide ze zich in de deuropening nog even om.

Meneer Groenewoud nam mevrouw Rooze in zijn armen. 'Wil je vannacht bij mij slapen? Na al die opwinding?'

Mevrouw Rooze schudde haar hoofd. 'Ik ben veel te moe, dat snap je vast wel.'

'Je vindt dat het mijn schuld is, wat er gebeurd is?!' Meneer Groenewoud klonk geprikkeld. 'Omdat ik niet consequent ben, geen duidelijke grenzen stel?'

Mevrouw Rooze zweeg.

'Moet ik soms een ander vak kiezen?'

'Het had heel verkeerd kunnen aflopen.' Mevrouw Rooze gaf hem een aai over zijn wang en glimlachte mat. 'We hebben met z'n allen geluk gehad, Jan. Stom geluk.'

Sprotje haalde de anderen in in het trappenhuis, waar de Pygmeeën afsloegen naar de gang met de jongenskamers. Ze verdwenen juist om de hoek.

'Welterusten, Fred,' mompelde Sprotje in de verlaten gang.

Prompt verscheen Freds hoofd om de hoek. 'Tot morgen, Sprotje.'

Gelukkig was Sprotjes moeder niet zo gevoelig voor officiële waarschuwingen van school. Wat haar veel meer schokte was Sprotjes gebrek aan verantwoordelijkheidsbesef.

Haar moeder zat als enige aan de ronde ontbijttafel in de eetzaal, maar toch deed Sprotje heel erg haar best. Ze zette het broodmandje neer, haalde jam en schonk thee in. 'En, had je weer een bus vol bejaarden die alleen geïnteresseerd waren in het eerstvolgende café?'

'Probeer nou niet van onderwerp te veranderen.' Sprotjes moeder blies in haar kopje. 'Als ik je niet kan vertrouwen, Sprotje...' Ze haalde diep adem, maar zei toen alleen maar: 'Ach, je weet precies wat ik zeggen wil, of niet soms?'

'Dat ik bijna volwassen ben en dat dit heel kinderachtig was,' raadde Sprotje.

Haar moeder nam een slok thee en keek haar dochter onderzoekend aan.

'Het is geen excuus,' zei Sprotje zacht, 'maar soms is het makkelijker om enorme ongein uit te halen dan om een paar goeie woorden te zeggen. Maakt niet uit hoe oud je bent.'

'En wat zijn de goeie woorden?' vroeg Sprotjes moeder.

Sprotje sloeg haar armen om haar moeder heen. En als mevrouw Rooze niet op hen afgekomen was, had ze haar nooit meer losgelaten.

'Het waren geen bejaarden, het was een groep basisschooljuffen.' Sprotjes moeder deed een scheut melk in haar thee. 'Die waren eigenlijk ook niet in het landschap geïnte-

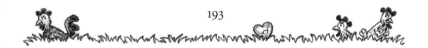

resseerd, maar het was wel heel gezellig.'

'Thee of koffie?' vroeg Sprotje aan mevrouw Rooze, toen ze eenmaal aan tafel zat. Haar lerares zag er ongelukkig en oververmoeid uit.

Na het ontbijt ruimden de Wilde Kippen en de Pygmeeën de tafels af en maakten de keuken schoon. Daarna wees Max hun wat ze moesten doen.

Willem moest de vacht van het opgezette everzwijn in de hal borstelen, wat Steve natuurlijk meteen op film vastlegde.

'Maar heel zelden weet iemand zo dicht in de buurt te komen van deze schuwe wilde dieren als onze everzwijnkenner Willem,' zei Steve op een documentairetoon.

Roos, Lisa, Sprotje en Melanie gingen op de binnenplaats op de kanonnen onder de kastanje zitten, waar de rest van de klas hun de uitkomsten van de projecten kwam brengen. Aan de hand van al die gegevens moesten ze een presentatie houden.

Nadat hij het everzwijn verzorgd had ging Willem in de schaduw van de kasteelmuur de roestige hellebaarden zitten poetsen.

Kim en Steve, die door de Pygmeeën en de Kippen met algemene stemmen tot de beste koks waren uitgeroepen, hadden als taak de lunch voor te bereiden.

'Jammer dat Mat er niet bij is.' Steve zat te drummen met twee gardes. 'Koken is namelijk echt zijn ding.'

Kim streelde zijn wang.

De Kuikens leken alweer zo fris als een hoentje. Ze waren weliswaar door het ontbijt heen geslapen – of beter gezegd,

een delegatie van Kippen en Pygmeeën had het hun op bed moeten serveren – maar nu liepen ze met de rest van hun klas vrolijk over de binnenplaats achter mevrouw Honing aan. Ze hadden een net met ballen bij zich, alsof ze op weg waren naar de gymles. Zodra Lilli, Bob en Verena de Wilde Kippen in het oog kregen, begonnen ze met hun armen te klapwieken en houterige kippenstappen te nemen.

Sprotje legde haar pen neer. 'Ik ga ijsthee halen,' zei ze.

'En haal mijn rekenmachine even uit onze kamer,' vroeg Lisa, die bezig was de briefjes met berekeningen van de bosgroep uit te zoeken. 'Die zit in het kleine zijvakje van mijn rugzak.'

Bij de vuilcontainers moest Sprotje opzijgaan voor Fred en Max, die een oude afgebladderde tuinbank naar het koetshuis sjouwden.

Met Lisa's rekenmachine in haar broekzak, de zware theepot in de ene hand en een vederlichte toren kartonnen bekertjes in de andere liep ze even later terug. Eigenlijk kan ik Fred best vragen of hij ook een bekertje ijsthee wil, dacht Sprotje. Ze stapte het koetshuis binnen, maar naast de motor van Max bleef ze staan.

Sabrina droeg oude werkmanshandschoenen die veel te groot voor haar waren en had een blik verf in haar handen. Fred doopte de kwast in de donkergroene verf. Om het blik te ondersteunen sloot hij zijn linkerhand om de handen van Sabrina.

Sprotjes gedachten tolden alle kanten op.

Fred streek de kwast af aan de rand van het blik.

Sprotje haastte zich terug naar de anderen. Terwijl ze thee

inschonk keek ze telkens achterom naar het koetshuis.

Fred smeerde donkergroene verf op het zitgedeelte van de bank.

'Heb je de rekenmachine?'

Sprotje verloor Fred niet uit het oog. Nu legde hij de kwast dwars over het verfblik. Sabrina schudde de handschoen van haar rechterhand, viste haar telefoon uit haar broekzak en gaf hem aan Fred.

'Heb je die rekenmachine nou?'

Fred toetste een nummer in. Met de telefoon aan zijn oor verdween hij dieper het koetshuis in.

'Sprotje?!'

Sabrina pakte de kwast en ging verder met verven waar Fred was opgehouden.

'Heb je de rekenmachine, Sprotje?'

'Godsamme! Ja Lisa, ik heb die rottige rekenmachine.'

De goulash die de chef-koks Steve en Kim gemaakt hadden was zo zout dat zelfs de liter room die mevrouw Rooze in de pan kieperde er niets aan kon verhelpen.

De hele middag waren de Wilde Kippen bezig met de voorbereidingen voor hun presentatie.

Fred, Willem en Steve leenden de laptop van meneer Groenewoud om van Steves opnamen een korte film voor de afsluiting te maken.

Terwijl op de kamer van de Kippen de belangrijkste vraag was welke broek, welke rok en welk shirt het meest geschikt waren voor de laatste avond op kasteel Steenbeek, zocht Sprotje het rekverband voor haar enkel. Ze had haar spullen

al twee keer doorzocht toen ze bedacht dat het misschien op de kamer van haar moeder lag.

Ze klopte aan en liep meteen door naar binnen. 'Mam, ligt dat rekverband hier misschien ergens?'

Haar moeder gaf haar het gewassen verband en de zalf die ze laatst in de apotheek had gekocht. Ze hoefde niets te zeggen, haar blik was veelzeggend genoeg: ik zei toch dat je nog voorzichtig moest doen.

Sprotje pakte de zalf uit en gooide de verpakking in de prullenmand. Ze wilde de tube al opendraaien, maar bedacht zich, bukte zich over de prullenmand en schoof de verpakking opzij. Daar lag, tussen een verschrompeld klokhuis en een chocoladewikkel, een leeg doosje. Sprotje keek verward naar haar moeder. Die stond voor de spiegel haar haren op te steken en zag er op de een of andere manier anders uit dan anders.

Dat doosje in de prullenmand kwam Sprotje bekend voor. In haar hoofd ontstond heel langzaam een beeld. Het doosje in Melanies hand toen ze de zwangerschapstest gedaan had. Sprotje haalde het doosje uit de prullenmand. In de spiegel zag ze de schrik in haar moeders ogen.

'Mam...?'

Sprotjes moeder pakte een vogelveer die achter de spiegel geklemd zat. 'Had ik je deze al laten zien?' vroeg ze, terwijl ze zich langzaam omdraaide. 'Die heb ik hier laatst gevonden. Volgens mij is hij van een bonte specht.'

'Probeer nou niet van onderwerp te veranderen,' zei Sprotje, op dezelfde toon als haar moeder die ochtend bij het ontbijt. Ze legde het doosje op tafel. 'Heb jij ook een zwangerschapstest gedaan?'

'Ik had het je eerder moeten vertellen, maar ik wilde het eerst zeker weten.' Sprotjes moeder ging voorzichtig met een vinger over het veertje.

Opeens werd het Sprotje duidelijk. Romantische komedies in plaats van actiefilms, zoete jam en bittere chocolade, roerei met ui in het holst van de nacht. 'En? Weet je het nu zeker?'

Haar moeder lachte een beetje scheef. 'Nou ja, ik moet natuurlijk nog naar de dokter, maar het strookje was duidelijk rood.'

Een lauw zomerbriesje waaide door het raam naar binnen. De veer in de hand van Sprotjes moeder trilde. Een plukje haar raakte los uit de klem op haar hoofd.

Sprotje ging op het bed zitten. Haar moeder kwam naast haar zitten.

'Zal ik je voet insmeren?'

'Nee!' Sprotje griste de veer uit haar hand. 'Dus ik word iemands grote zus?'

'Hoezo ook?' vroeg Sprotjes moeder.

'Ik zei helemaal geen ook.'

'Daarnet. Je zei, heb jij óók een zwangerschapstest gedaan.' Haar moeder keek Sprotje streng aan. 'Fred en jij, jullie hebben toch niets stoms gedaan?'

'Nee.'

'Echt niet?'

Sprotje schudde haar hoofd en blies het veertje de lucht in. Even overwoog ze haar moeder over Melanies zwangerschap te vertellen, maar ze had Melanie gezworen dat ze niets zou zeggen.

'Een baby, op jouw leeftijd?' Sprotje kon het bijna niet geloven.

'Het lijkt er wel op. Op mijn leeftijd.'

Ze lieten zich tegelijkertijd van het bed op de grond glijden en strekten hun benen.

'Ik begrijp dat het verwarrend voor je is,' zei Sprotjes moeder. 'Ik vind het zelf ook verwarrend.'

Sprotje kwam met een sprong overeind. Duidelijk rood, had haar moeder gezegd. 'Hoezo rood?'

'Bij die test, dat strookje. Rood. Positief. Zwanger.' Sprotjes moeder keek inderdaad alsof ze het allemaal maar verwarrend vond.

'Rood betekent zwanger?' vroeg Sprotje voor de zekerheid.

Nu kwam Sprotjes moeder ook overeind. 'Ik word gek van jou.' Ze begon geïrriteerd in de prullenmand te rommelen en haalde de bijsluiter van de zwangerschapstest eruit.

'Rood dus, niet blauw?' vroeg Sprotje nog een keer.

Haar moeder ritselde met de bijsluiter. 'Hier staat het zwart op wit: rood betekent zwanger.'

Sprotje had de deurkruk al in haar hand, maar op dat moment schoot de vraag als een stroomstoot door haar heen. 'En wie is de vader van onze baby?'

Alsof ze zich moest verontschuldigen trok haar moeder haar schouders op. 'Dezelfde als die van jou.'

'Toen hij de laatste keer thuis was. Je zei dat jullie waren gaan eten.'

'Dat was ook zo. Eerst.'

'Heb je het hem verteld?'

'Hoe kan dat nou als hij er nooit is?' Sprotjes moeder raap-

te het veertje op en stak het weer achter de spiegel.

'Met dit handige apparaatje bijvoorbeeld.' Sprotje gaf een duwtje tegen de telefoon van haar moeder, die op het tafeltje naast de deur lag.

'Zoiets bespreek je toch niet over de telefoon? Bovendien denk ik: oma, jij en ik en de baby – wij Bergmanvrouwen kunnen ook zonder man een gezin zijn.'

Dat klinkt dapper, dacht Sprotje, maar misschien zijn we alle drie alleen maar op een heel dappere manier laf. 'En als het een jongen wordt?' vroeg ze grinnikend.

Haar moeder grinnikte terug. 'Verdorie, daar had ik nog niet aan gedacht.'

Ze barstten allebei in lachen uit.

Alsof dat een teken was geweest kwam in de gang opeens Vivaldi uit de luidsprekers.

'De afsluiting begint zo meteen.' Sprotje pakte de zalf en het rekverband en deed de deur open. 'Als we thuis zijn praten we verder, oké?'

Haar moeder knikte en Sprotje liep de kamer uit.

In de kemenade was de discoapparatuur in een hoek gescho-
ven, en in plaats van Max de diskjockey stonden nu de Wilde
Kippen op het podium. Iedereen was er. Noor en Nicole kwamen een minuut te laat binnen. Ze roken naar sigaretten.

Meneer Groenewoud klapte in zijn handen, vroeg om stilte en plugde de microfoon in.

Lisa, Sprotje, Kim, Melanie en Roos wisselden elkaar af. Ze
lieten diagrammen zien en vatten de resultaten van de pro-
jectgroepen samen. Sprotje vond zelfs dat ze het een stuk
minder saai brachten dan meneer Menger in het museum.

'De bosgroep heeft tweeënnegentig verschillende planten-
soorten gevonden en gecatalogiseerd.' Door de microfoon
klonk Lisa als een radiopresentatrice.

Kim loste Lisa af en deed namens de riviergroep verslag
over kiezelalgen en blauwalgen. 'Helaas hebben we geen
goudalgen kunnen vinden.'

'Wat jammer nou.' Het spontane commentaar kwam van
mevrouw Rooze. Ze kreeg een kleur en zei snel: 'Ga verder,
Kim.'

Na Kim was Willem aan de beurt. Hij las alles van een brief-

je. 'In het mijnbouwmuseum hebben we van meneer Menger geleerd: de mijnbouw vormt een ecologisch probleem voor de draslanden. Het grondwaterpeil moet namelijk verlaagd worden, waardoor natte gebieden uitdrogen.'

'Klopt als een bus,' zei meneer Groenewoud enthousiast. 'Voor het herstel van het oorspronkelijke landschap moet er dus weer water in het gebied worden gebracht.'

Mevrouw Rooze glimlachte naar hem.

Aan het eind van de presentatie rolden Roos en Sprotje een landkaart uit waarop ze alle belangrijke resultaten van de afgelopen week aangegeven hadden. Roos wees de rivier aan, de onderzochte stukken bos en de afzonderlijke vindplaatsen. 'Hier heeft Kim een geelbuikvuurpad gevonden.'

En daar ben ik Fred kwijtgeraakt, dacht Sprotje, starend naar het woord 'zwembad' op de landkaart.

Toen kwam de film van de Pygmeeën. Max stelde de beamer op en meneer Groenewoud sloot zijn laptop aan. Steves vingers vlogen over het toetsenbord en de touchpad.

Fred kuchte en begon: 'Deze film dragen we op aan een vriend van ons die er helaas niet bij kan zijn...'

Steve pakte hem de microfoon af. 'Die arme Mat moet nu namelijk al die opdringerige Zweedse meiden van zich af zien te houden.'

'Kopenhagen ligt in Denemarken!' riep meneer Groenewoud.

Het publiek klapte.

Op dat moment kwam mevrouw Honing binnen met haar klas. 'Mogen we meekijken?'

'Start de film,' zei Fred, toen de brugklassers eindelijk alle-

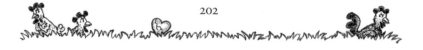

maal een plekje gevonden hadden, en Willem deed het licht uit.

In vijf minuten trok de hele week nog een keer aan hen voorbij. Gelukkig zat niet alles wat Steve opgenomen had ook in de film.

Daarna was het feest, hoewel meneer Groenewoud en mevrouw Rooze dat eigenlijk niet goedgevonden hadden.

Het begon ermee dat de Kuikens de microfoon in beslag namen en een lied voor de Wilde Kippen zongen. Het ging over vriendschap en avontuur, en het refrein eindigde steeds met een grappig gekakel.

Daarna speelde Max voor diskjockey, en op de een of andere manier was het feest toen niet meer te stuiten. Ergens halverwege veroverden de Pygmeeën en Kim het podium en zongen het laatste nummer van de Pygmeeënband. Kim had echt een prachtige stem.

Sprotje stond vol vuur te klappen, tot ze Sabrina in het oog kreeg. Sabrina. Ze stond met haar vriendinnen naast de open haard, waarin weer alleen een tuinfakkel brandde. Toen Fred van het toneel sprong, trok Sabrina hem meteen de dansvloer op.

Max zette de muziek nog wat harder.

Sprotje slenterde naar Lisa, Roos en Melanie. Melanie stond haar lippen bij te stiften.

'Staat de muziek niet te hard, Melanie?' vroeg Lisa bezorgd. 'Voor je...' Ze zei geen baby, maar wierp een veelzeggende blik op Melanies buik.

Melanie wiegde op de maat van de muziek. 'Hij is dol op muziek.'

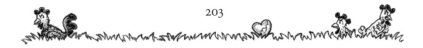

Sprotje voelde hoe een donderbui zich in haar binnenste samenpakte.

Kim haalde voor Melanie een papieren bordje met hapjes, die Sprotjes moeder inmiddels klaargemaakt had. 'Wat kan ik te drinken voor je halen?'

'Cola.'

'Cafeïne is anders helemaal niet goed voor...' Nu was het Roos die veelbetekenend naar Melanies buik keek.

'Is ook zo. Limonade dan maar.' Melanie sloeg haar armen over elkaar voor haar buik. 'Eigenlijk is het best een beetje fijn om zwanger te zijn.' Het woord 'zwanger' kwam er heel zacht uit. 'Iedereen is zo zorgzaam voor je.'

'Goh, is dat zo?' Sprotjes stem beefde als een eerste verre donderslag.

Melanie knikte en vervolgde argeloos: 'Bij mij thuis ben ik voor iedereen altijd alleen maar een lastig bijverschijnsel. En bij jullie was ik altijd alleen maar het mooie tutje, maar...'

Roos wilde protesteren.

Melanie pakte een blokje kaas. 'Dat weet ik best, hoor,' zei ze. 'Maar nu.' Ze nam een slok van de limonade die Kim haar aangaf. 'Voor het eerst ben ik belangrijk. En het is zo fijn dat jullie allemaal achter me staan en er voor me zijn.'

'Zo?' Sprotjes dreigende ondertoon trok nu ieders aandacht. 'Dus daarom heb je tegen ons gelogen?'

Melanie veegde lippenstift van de hals van haar limonade-flesje.

'Hoe bedoel je, gelogen?' vroeg Roos.

Maar Sprotjes blik liet Melanie niet los. 'Heb je de bijsluiter van die zwangerschapstest eigenlijk wel goed gelezen?'

204

Melanie draaide zich om naar de deur, maar Sprotje pakte haar bij haar arm. 'Rood betekent zwanger, Melanie. Niet blauw.'

Sprotje liet haar los. Melanie stond als een geslagen hond voor haar. De vriendinnen keken afwisselend naar Sprotje en naar Melanie.

'Hoe ben je daarachter gekomen, Sprotje?' vroeg Lisa.

'Mijn moeder heeft dezelfde test gedaan.'

'En die was rood?' vroeg Lisa verder.

Sprotje keek naar Roos. Ze knikte. 'Mijn moeder krijgt een kind,' zei ze zacht.

'Maar Melanie niet.' Roos pakte Melanie bij haar schouders. 'Je hebt tegen ons gelogen. En tegen Willem ook.'

Melanie maakte zich los uit Roos' greep. 'Dan kunnen jullie nu toch samen blij zijn?'

'Hoe bedoel je dat?'

'Willem kan er nog zo'n puinhoop van maken...' Melanie was heel kalm, eerder verdrietig dan boos, '...jij begrijpt hem. Alle onzin die hij uithaalt. Jij staat altijd aan zijn kant.'

'Wat wil je daarmee zeggen?'

'Ben je echt zo naïef of doe je maar alsof?' Nu pakte Melanie Roos bij haar schouders. Hun neuzen kwamen bijna tegen elkaar aan. 'Je bent verliefd op hem.'

Roos zweeg.

'En al heb jij het zelf nog niet in de gaten,' siste Melanie, 'Willem weet het.'

'Wat weet ik?' Willem kwam met een flesje cola in zijn hand naar hen toe.

Melanie gaf geen antwoord. Ze bleef Roos strak aankijken.

'En jij weet het ook. Al een hele tijd zelfs. Heb ik gelijk?'

Roos stond daar maar. Bleek en zonder iets te zeggen.

'Ik heb gelijk.' Melanie duwde Roos haar flesje in handen en liep met opgeheven hoofd naar buiten.

Sprotje had dringend frisse lucht nodig. Ze wilde niet meer over Melanie praten, had genoeg van alle vragen over haar broertje of zusje en haar vader, en ze was het ook zat om Fred en Sabrina met elkaar te zien dansen.

Op de binnenplaats haalde ze een paar keer diep adem. Toen pas zag ze Willem en Roos, die naast de zijmuur van de kemenade op lege kratten zaten te praten. Sprotje deed alsof ze hem niet kende en liep door.

Ook mevrouw Rooze en meneer Groenewoud, die met z'n tweetjes bij de put stonden, liet ze links liggen.

'Misschien heb ik toch wel goudalgen gevonden,' hoorde ze meneer Groenewoud in het voorbijgaan zeggen, en vanuit haar ooghoeken zag ze dat hij het blauwe doosje uit zijn zak haalde.

Sprotje ging het koetshuis in. Daar liet ze zich in het half-donker naast de pas geverfde donkergroene bank tegen de muur zakken en dacht lang na.

Eigenlijk wilde Sprotje niet terug naar de disco, maar ze moest met de Wilde Kippen praten. Vandaag nog.

Roos en Willem waren inmiddels binnen aan het dansen. Ze zagen er zo gelukkig uit dat Sprotje niet wilde storen en in de deuropening bleef wachten. Als eerste kwam Lisa bij haar staan. Even later volgde Kim, nadat ze met Steve een nieuwe

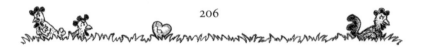

tuinfakkel had aangestoken. En uiteindelijk maakte Roos zich van Willem los. Ze zei iets tegen hem, hij knikte en ze kwam naar Sprotje, Lisa en Kim toe. Alleen Melanie liet zich niet zien. Maar niemand vroeg naar haar. De vier Wilde Kippen gingen buiten op de brede trap naast de oude thuja zitten.

De stenen treden waren nog warm van de hitte van overdag. De muziek van de disco was vaag te horen, en een paar minuten zaten ze daar zonder iets te zeggen. Het was genoeg om bij elkaar te zijn.

Roos wreef de schubbige blaadjes van een thujatakje kapot. 'Moet je ruiken.'

Kim snoof. 'Appelmoes met kruidnagel.'

'Thuja's zijn levensbomen,' zei Lisa, 'en toch zijn ze giftig. Mijn moeder heeft ze bij ons in de tuin allemaal laten kappen.'

Vlug veegde Roos haar handen af aan haar broek.

Achter hen duwde iemand de zware deur open.

'Mag ik misschien bij jullie komen zitten?' vroeg Melanie.

Roos en Sprotje schoven een beetje uit elkaar, zodat Melanie ertussen kon. Nu waren de Wilde Kippen compleet.

'Ik wilde het gewoon zo graag.' Melanie frunnikte aan het riempje van haar glittersandaal.

'Zwanger zijn?' Lisa klonk sceptisch.

'Vanwege Willem en alles.' Melanie slikte. 'Ik wilde niet tegen jullie liegen, ik was alleen te laf om de waarheid te vertellen.' Ze praatte steeds zachter. 'En het was zo fijn om in het middelpunt te staan.'

Het was al zo schemerig dat de schaduw van de levensboom bijna niet meer te zien was. En eindelijk zei Sprotje wat

ze zo graag kwijt wilde. 'Ik vind dat we de Wilde Kippen moeten opheffen.'

Ze had verwacht dat ze nu met z'n allen op haar zouden inpraten, zouden proberen om haar van de belachelijkheid van haar voorstel te overtuigen. Maar de Wilde Kippen bleven rustig zitten. Als echte kippen tijdens een onweer.

'Komt het door mij?' vroeg Melanie.

'Nee. Door ons allemaal,' antwoordde Sprotje.

'De club opheffen.' Alleen Kim leek te twijfelen. 'Dat kan toch helemaal niet.'

'We zijn er te oud voor,' zei Sprotje. 'Jullie merken toch ook wel dat we onze problemen met de Wilde Kippen-methode niet kunnen oplossen?'

De anderen dachten even na.

'Sprotje heeft gelijk,' zei Roos, die tot nu toe nog niets gezegd had.

Voor de mening van Roos was Sprotje het bangst geweest. Maar nu was het allemaal heel simpel en duidelijk. En dat kwam doordat ze toch al ieder hun eigen leven leidden, los van Kippenveren en clubbeden.

'Maar de caravan houden we,' zei Melanie. 'Als Kim het tenminste goedvindt, want hij is van haar.'

'Die caravan is toch niks zonder jullie.' Kim sloeg haar armen om de anderen heen.

'We heffen de club op, maar we blijven vriendinnen,' zei Sprotje.

'Voor altijd?' vroeg Kim.

'Voor heel lang,' antwoordde Lisa, en daarmee was alles gezegd.

Kippen, zeggen ze, zijn vroege vogels. Als dat klopte, hadden de Wilde Kippen deze eigenschap nooit echt met ze gedeeld. En vandaag had Vivaldi het extra zwaar. Sprotje, Roos, Kim, Melanie en Lisa waren honds-, of liever gezegd kipsmoe. Ze hadden gisteravond nog heel lang in bed liggen praten. Misschien wilden ze ook wel een beetje tijdrekken voor het afscheid, want ze wisten dat ze meer zouden achterlaten dan alleen kasteel Steenbeek.

Het ontbijt was een symfonie van rekken, strekken en gapen, en ook mevrouw Rooze en meneer Groenewoud hoorden bij het orkest.

En toen stonden Sprotje, Roos, Kim, Melanie en Lisa in hun leeggeruimde kamer. Lisa hing haar oortjes om en Roos probeerde Willems zaklamp uit. De batterijen werden al zwakker, maar Roos was net zo sterk als altijd. Misschien zelfs een beetje sterker. Melanie haalde de blauw-roze babysokjes die Kim voor haar gebreid had uit het zijvakje van haar koffer en gaf ze aan Sprotje. 'Voor je broertje of zusje, als Kim het goedvindt.'

'Ik zei toch, blauw-roze is altijd goed.' Kim klemde haar hartjeskussentje met de cd van Steve onder haar arm.

Sprotje stopte de babysokjes in haar weekendtas en voelde naar het kompas. Zacht en veilig lag het tussen haar vuile T-shirts.

Onder de poort van het kasteel wierpen de vijf vriendinnen nog een blik op de kemenade, het koetshuis, de put, de kanonnen onder de kastanje en de oude thuja naast de trap naar de hoofdingang.

Kim moest een beetje huilen.

Bij de bus deelde meneer Groenewoud de enveloppen met telefoons uit. Toen Fred zijn envelop openscheurde, kwam Sabrina over het bruggetje op hem afgestormd. Ze haalde haar telefoon uit haar zak. Fred zette die van hem aan. Kennelijk wisselden ze nummers uit. Sprotje draaide zich om en hielp haar moeder bij het openmaken van de bagageluiken. Maar uit haar ooghoeken zag ze toch dat Fred en Sabrina elkaar omhelsden.

Sprotje stapte in de bus. Lisa zat al op de achterbank. Op haar schoot lag de geopende envelop en in haar hand had ze haar telefoon. Ze staarde naar het schermpje. Ze perste haar lippen op elkaar en glimlachte zo dapper dat Sprotje meteen wist wat er aan de hand was. Ze ging naast Lisa zitten. 'Het castingbureau?'

'Ik was door naar de volgende ronde. Ik had alleen de afspraak moeten bevestigen. Gisteren.'

'Hé, niet huilen.'

'Ik huil helemaal niet. Ik doe maar alsof. Goede actrices kunnen dat.' Lisa haalde haar neus op. 'En ik ben een goede actrice! En ik ga naar de toneelschool. Al gaat mijn moeder op haar kop staan.'

Kim, Roos en Melanie klauterden in de bus. Langzaam raakten alle banken vol. Deze keer wisten Lilli, Bob en Verena de twee bankjes met het tafeltje te veroveren, en ze grijnsden zelfingenomen naar de achterbank.

Sprotjes moeder startte de motor, en langzaam zette de bus zich in beweging. Eerst reden ze het smalle weggetje af, toen slingerden ze door de stad en uiteindelijk kwamen ze bij de snelweg.

Fred zat in zijn eentje te bellen.

'We zijn nog geen halfuur onderweg en hij verlangt alweer naar zijn Sabrina,' zei Sprotje vol verachting tegen Melanie.

'Ik ben die mannen helemaal zat.' Melanie zat haar nagels te vijlen. 'Ik ga me alleen nog maar met mezelf bezighouden. Met mijn school en mijn carrière. En ik zoek een huis voor mezelf alleen.'

Roos wisselde met Steve van plaats en ging naast Willem zitten. En Steve wisselde van plaats met Lisa, zodat hij naast Kim aan het raampje terechtkwam.

Niet veel later waren de meesten in slaap gevallen. Kims hoofd lag op Steves schouder. Met hun mond halfopen zaten ze zachtjes te snurken. Sprotje viste Kims camera uit haar rugzak en maakte stiekem een foto van ze.

Fred zat alweer te bellen. Sprotje besloot dit kinderachtige geflikflooi maar gewoon te negeren. Ze trok het verband om haar enkel recht en probeerde ook een beetje te slapen. Als ze elkaar de volgende keer bij de caravan zouden zien, dan zou dat hun laatste Wilde Kippen-middag zijn. Sprotje deed haar ogen dicht. Ze zouden het afscheid van een fantastische tijd vieren. Ze zouden voor het laatst het mooiste spel van de wereld spelen: het Wilde Kippen-spel. Geraffineerde wraakacties, heilige clubeden en geheime missies...

Op dat moment kreeg Sprotje iets tegen haar hoofd. Ze schrok op en deed haar ogen open. Voor haar voeten lag een propje papier. Sprotje raapte het op. Een paar rijen verderop trokken drie Kuikens een opvallend onschuldig gezicht. Sprotje wilde het propje al teruggooien, maar stopte het toen toch maar in het afvalzakje. Geraffineerde wraakacties, heili-

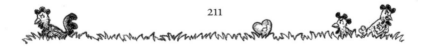

ge clubeden en geheime missies, die zouden de Wilde Kippen in het vervolg aan anderen overlaten.

Sprotje werd pas wakker toen de bus piepend tot stilstand kwam en de deuren opengingen. Haar arm sliep en ze kon bijna niet geloven dat ze echt al thuis waren. De eersten sprongen al uit de bus op het parkeerterrein voor de school.

Sprotje zou nog met haar moeder de bus terugbrengen, maar stapte uit om afscheid te nemen van Roos en Willem, Kim en Steve en Melanie en Lisa. Fred stond naast zijn weekendtas en was natuurlijk alweer aan het bellen. Hij hing op, stak de telefoon in zijn zak en wilde zijn bagage pakken.

'Laat me erlangs, Sprotje, ik moet naar huis!' Fred duwde Sprotje ruw aan de kant en sjorde zijn rugzak uit de bagageruimte.

'Waarom ben je zo chagrijnig?' vroeg Sprotje, met een zweempje leedvermaak in haar stem. 'Heeft Sabrina het soms alweer uitgemaakt? Het was zeker alleen maar een beetje flirten voor haar?'

'Wat heeft Sabrina er nou weer mee te maken?'

'Je zat de hele weg met haar te bellen.'

Fred keek op. Zo diep en donker had Sprotje zijn ogen nog nooit gezien. 'Mijn opa is een halfuur geleden overleden.' Hij hing zijn rugzak om zijn schouders. 'En laat me er nou alsjeblieft langs.'

De hele weg naar haar oma probeerde Sprotje te bedenken hoe ze haar verontschuldigingen moest aanbieden, maar de juiste woorden wilden haar niet te binnen schieten. Met een onbehaaglijk gevoel duwde ze het tuinhek open. Bella sprong blij op haar af.

Eerst zag Sprotje een appelmand in de deuropening verschijnen, en toen haar oma, die de deur met haar voet wijd genoeg open probeerde te duwen voor zichzelf en de mand.

'Wacht, ik help je.' Sprotje hield de deur voor oma Bergman open. 'Bedankt dat je voor onze kippen gezorgd hebt.'

Straks zegt ze iets gemeens, dacht Sprotje, en haar voornemen om sorry te zeggen raakte alweer aan het wankelen.

'Geen dank. Jouw kippen leggen beter dan die van mij.' Oma Bergman zette de mand op de tuintafel. 'Wat erg van Freds opa.'

Sprotje knikte.

Oma Bergman glimlachte. 'De eieren zijn natuurlijk voor mij.'

'Ja natuurlijk,' zei Sprotje, en vlug voegde ze er nog aan toe: 'En het spijt me wat ik vorige week zei, oma.'

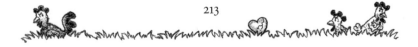

Oma Bergman maakte een wegwerpgebaar. 'Dankzij mijn alzheimer ben ik dat allang vergeten.'

Sprotje begreep het niet goed. Dat ging veel te makkelijk, terwijl het haar de hele tijd zo dwars had gezeten. Ze stak haar hand naar haar oma uit. 'Ik geloof dat ik degene ben die niets van liefde weet.'

De hand van haar oma was droog en ruw, en haar huid voelde aan als een handschoen die een maatje te groot voor haar was.

Ze zeiden geen van beiden iets. De troebele ogen van oma Bergman leken dwars door Sprotje heen te kijken.

Zelfs Bella hield op met janken.

Toen ging er een bijna onmerkbaar schokje door oma Bergman heen. Ze stak een hand in de zak van haar schort en haalde haar sleutelbos tevoorschijn. 'Kom. Ik wil je iets laten zien.'

In de keuken schoof oma Bergman de tafel in een hoek, inclusief het tapijt waarop hij stond. Sprotje wist al wat eronder zat. Heel lang geleden al hadden de Wilde Kippen en de Pygmeeën het luik in de vloer ontdekt.

'Help eens even.' Oma Bergman gaf Sprotje een zaklamp en liet zich ondanks haar slechte heupen op haar knieën zakken. Met vereende krachten trokken ze het houten luik open. Onder hen gaapte een inktzwart gat. Sprotje klauterde achter haar oma aan de wiebelige ladder af en bad dat de vermolmde treden haar oma zouden houden en dat ze straks niet vanwege een gebroken heup een ambulance moest bellen.

Maar het ging nu meer om een gebroken hart. Sprotje wist

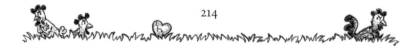

precies in welke hoek ze moest schijnen. Daar stond hij, de oude kist, tussen twee oeroude, bijna verschimmelde koffers. Sprotje voelde zich schuldig, want haar oma wilde haar iets laten zien dat ze stiekem allang zelf ontdekt had.

Oma Bergman nam haar sleutelbos en pikte het zwarte sleuteltje eruit. Ze gaf het aan Sprotje. 'Maak open.'

Sprotje moest het haar wel vertellen. 'Ik heb die kist al een keer opengemaakt, oma.'

'Weet ik.'

Sprotje voelde oma's hand op haar schouder.

'Jij en die Kippenclub van je. Jullie lagen er wakker van, hè, van die zwarte sleutel? Jullie moesten en zouden weten waar hij van was.'

Sprotje scheen met de lamp op haar tenen. 'Maar ik zweer je dat we hem alleen maar opengemaakt hebben – we hebben niets gelezen en er ook niet in gerommeld. Je moet me geloven.'

'Daarom wil ik het je nu ook laten zien.' Oma Bergman haalde een trouwjurk uit de kist en hield hem Sprotje voor. De klamme stof voelde koud en zwaar op haar blote armen. De jurk verspreidde een muffe geur.

'Ik had toen bijna precies hetzelfde figuur als jij.' Oma Bergman legde de jurk terug en haalde een stapeltje brieven uit de kist. 'Maar ik kon veel beter spellen.'

In het licht van de zaklamp haalde ze het touwtje van het stapeltje brieven.

'Ik weet niet of ik dat wel moet lezen...' Sprotjes stem trilde net zoals de lichtbundel.

'Alleen deze twee.' Oma Bergman gaf Sprotje twee brieven

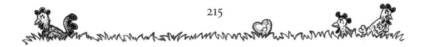

en nam de zaklamp van haar over. 'Ik licht je bij.'

Sprotje had de eerste woorden in het sierlijke handschrift nog niet gelezen of het was alsof ze van heel ver weg de stem van haar oma hoorde. Maar dan veel jonger. Nee, eigenlijk was het niet de stem van Alma, het was die van Charlotte Bergman, Sprotjes eigen stem. De andere brief was door iemand anders geschreven. De hoekige, schuine letters riepen de stem van Fred op.

Met tranen in haar ogen gaf Sprotje de brieven terug aan oma Bergman. 'Dat zijn de mooiste liefdesbrieven van de wereld.'

'Die ene heb ik geschreven, die andere je grootvader.' Haar oma legde de brieven weer op het stapeltje en stopte ze bij de trouwjurk in de kist. 'Dat is hem.' Ze hield een oude foto in het licht.

Die foto had Sprotje ook al gezien, maar net als toen verbaasde het haar hoezeer haar moeder op de man op de foto leek.

'Mijn opa – hij hield vast veel van je,' zei Sprotje.

Oma Bergman raapte de laatste appel van de grond op. 'We waren een mooi paar.'

Sprotje maakte de mand vast op haar bagagedrager.

'Hij was op karwei. Hij kreeg een ongeluk. Hij stierf voordat ik hem kon zeggen dat we een kind zouden krijgen.'

Sprotje aarzelde. Maar toen vroeg ze toch: 'Ben je daarna nooit meer verliefd geworden?'

Oma Bergman schudde glimlachend haar hoofd.

'Bestaat dat?' zei Sprotje zacht. 'Die ene grote liefde?'

'Er kunnen er ook meer zijn, zoals bij je moeder.' Oma Bergman wreef de appel op aan haar mouw. 'Maar dan is het niet voor het leven.' Haar ogen waren niet meer troebel. Ze glansden.

Sprotje stapte op haar fiets. Ze begreep dat de korte lief-de van haar oma genoeg had moeten zijn voor een lang le-ven.

Oma Bergman stopte de laatste appel in het mandje. 'Hij was dol op appels, je opa. En hij praatte tegen de kippen, net als jij.'

Bij de caravan klom Sprotje in de kippenren. Ze gooide een paar appels voor de kippen neer, tilde Huberta op en aaide haar. 'En, heb je me gemist?'

Huberta pikte in Sprotjes arm.

'Je oma heeft ze dus toch niet vermoord.'

Roos parkeerde haar fiets naast de caravan. Sprotje en Roos pakten allebei een appel uit de mand en gingen in de schaduw van de caravan zitten.

Sprotje haalde het verband van haar enkel. 'En?' vroeg ze ernstig. 'Ga je tegen je moeder zeggen dat je vader een ander heeft?'

Roos schudde haar hoofd. 'Ik ga eerst met hem praten.'

'Dat wordt vast moeilijk.'

'Maar het is wel de juiste aanpak. Dat vindt Willem ook.'

Bij het hek ging de alarminstallatie van blikjes af. 'Kim,' zeiden Roos en Sprotje tegelijk.

En inderdaad kwam Kim met een blikje in haar hand door het gras op hen af. 'Ik leer het ook nooit.'

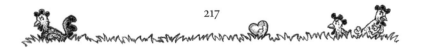

Ze boden Kim een appel aan en even later arriveerden ook Lisa en Melanie.

En negen appels later kregen ze onder een wolkeloze hemel opeens een regenbui op hun hoofd.

'Hé...' de vriendinnen sprongen op. Vanaf het dak van de caravan keken Lilli, Bob en Verena grijnzend op hen neer en vuurden nog een nat salvo af met hun waterpistolen.

'Jullie zouden pas over een halfuur komen.' Sprotje ontweek Lilli's waterstraal, maar kreeg prompt de volle laag van Bob.

'Het vroege kuiken is de kip te slim af,' grinnikte Verena.

De drie Kuikens sprongen van het dak van de caravan.

'Mooie waterpistolen,' zei Lisa, bijna een beetje weemoedig bij de herinnering aan haar eigen tijd als waterpistolenkip. 'En een mooie hinderlaag.'

Sprotje kuchte alsof ze een toespraak ging houden. 'Goed, jullie vragen je vast af waarom we jullie uitgenodigd hebben.' Kim holde naar haar fiets en kwam terug met een album onder haar arm. Sprotje sloeg haar armen om Roos en Kim heen. En Roos en Kim sloegen hun armen om Melanie en Lisa heen. 'Wij zijn te oud voor een club. En daarom hebben we nagedacht over opvolgsters.'

Kim gaf het album aan Lilli. 'Ik neem aan dat jij het Opperkuiken bent?'

'Wij?' vroegen de Kuikens in koor. Ze sloegen het album open en barstten meteen in lachen uit.

Op de eerste bladzijde had Kim de foto van de met eierprutbehangplaksel en veren besmeurde Kuikens geplakt. 'Dat is jullie clubboek.'

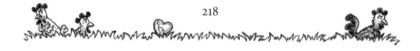

De Kuikens bladerden door het album. 'Maar de rest is leeg.'

'Helemaal achterin,' zei Kim, 'heb ik onze codewoorden opgeschreven. En ons geheimschrift. Het is niet moeilijk te leren.'

'Nu zetten we alle vijf nog onze handtekening.' Sprotje haalde haar vulpen uit haar tas. 'Met onzichtbare inkt natuurlijk.'

Sprotje, Roos, Kim, Melanie en Lisa zetten hun handtekening in het album.

'Onzichtbare inkt,' fluisterde Verena.

'Het is maar citroensap,' zei Lisa.

'Een echt clubboek.' Bob ging met haar vlakke hand over het boek alsof ze een levend wezen aaide.

'Dan zijn wij van nu af aan de nieuwe Wilde Kippen?' vroeg Lilli.

Sprotje moest haar lachen inhouden. 'Nou, zover zijn jullie nog niet,' zei ze. 'Jullie komen nog maar net uit het ei.'

'Nietwaar. Dat met dat wc-papier en de eieren en dat jeukpoeder, dat waren al echte Kippenacties.'

De voormalige Wilde Kippen keken elkaar een beetje verdrietig aan. Toen deden ze hun kippenveertjes af. Sprotje deed het hare bij Lilli om, Bob kreeg Roos' kettinkje en Verena dat van Kim. Lisa en Melanie stopten hun veertjes in het album.

'Die zijn voor twee nieuwe clubleden. Ik weet zeker dat jullie twee goeien zullen vinden.'

Daarna volgde een plechtig moment.

'Nu komt de clubeed.' zei Sprotje.

Verena slikte. 'Toch niet met bloed of zo?'

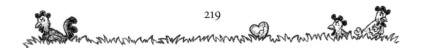

'Wij gebruiken spuug,' zei Melanie, 'dat is bijna net zo smerig.'

De oude Wilde Kippen spuugden op hun vingers. De jonge Wilde Kippen deden het na.

'Oké.' Sprotje stak haar hand op. 'Ik zweer de geheimen van de Wilde Kippen met hand en tand te verdedigen en nooit te verraden, of ik mag ter plekke morsdood neervallen.'

'Dat zweren we!' zeiden ze in koor, en ze wreven hun spuugvingers tegen elkaar.

De kippen in de ren kakelden en hielden verbaasd hun kopjes schuin.

'Om te beginnen hebben jullie natuurlijk een clubhuis nodig,' zei Roos grijnzend. 'En een club domme jongens – dan gaat de rest vanzelf.'

Bij hun volgende ontmoeting tjirpten de krekels als vanouds in het gras. Hun kippen scharrelden zoals gewoonlijk in hun ren, en de salie rook precies zoals hij hoorde te ruiken – alleen waren de Wilde Kippen geen club meer.

Maar het was wel vakantie. Melanie smeerde Kim in met zonnebrandcrème; tegelijkertijd smeerde Kim Lisa in en Lisa Roos en Roos Sprotje. Steves fietsbel klingelde. Kim had gevraagd of hij een kan ijsthee wilde komen brengen en hij kon haar nu eenmaal niets weigeren. En zo dronken ze koude *Jungle Fever*, terwijl Sprotje haar vriendinnen de eerste echo van haar broertje of zusje liet zien. Ze konden er geen wijs uit worden, maar het was het liefste baby'tje van de wereld.

Sprotjes moeder vertikte het nog steeds om het aan Sprotjes vader te vertellen. Maar op Sprotjes spaarrekening stond precies genoeg geld voor een ticket naar New York.

Sprotjes moeder, haar vader en de baby – een echt gezin zouden ze nooit zijn, dat wist Sprotje ook wel, maar ze vond het verkeerd om haar vader niet de waarheid te vertellen. Zelf had ze ook liever een moeilijke waarheid dan een simpele leugen.

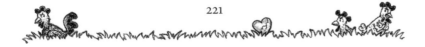

'*Hvor kan vi gåhen at danse?*' vroeg Kim.

'Waar kunnen we dansen?' vertaalde Steve. Maar hij spiekte dan ook over Kims schouder in haar Deense taalgids. Kim en Steve vertrokken over een week naar Kopenhagen om Mat op te gaan zoeken. Kim gaf Steve een zoen. '*Jeg elsker dig!*'

En dat hadden Sprotje, Roos, Melanie en Lisa de laatste tijd zo vaak gehoord van die twee tortelduifjes dat ze geen woordenboek nodig hadden om te weten wat het betekende.

Lisa stond met haar handen op haar middenrif in de schaduw van de caravan ademhalingsoefeningen te doen, die in vergelijking met haar ontspanningsoefeningen voor kaken, lippen en tong nog heel onschuldig waren. De gepromoveerde bijlesleraar die haar moeder had uitgezocht was namelijk niet alleen goed in wiskunde, maar gaf ook spraakles en zelfs toneelcursussen.

Melanie liet zich in de ligstoel vallen en zette haar nieuwe zonnebril op. Ze had dan wel beweerd dat ze mannen zat was, maar Kim had haar in het weekend in het zwembad betrapt met de badmeester.

Roos had inmiddels met haar vader gepraat. Ze wist niet hoe het nu verder zou gaan met hun gezin, maar ze wist wel dat zij het goed gedaan had.

Toen Steve afscheid had genomen en op zijn fiets was gestapt, verdween Kim in de caravan.

Ze kwam weer tevoorschijn met een blad vol lege jampotten. 'Weten jullie nog dat we vroeger zeiden dat je mooie momenten in een jampotje zou moeten kunnen stoppen?'

Roos knikte. 'Zodat je er later nog eens aan kon denken!'

'Dan hoefde je alleen het deksel maar open te draaien.' Lisa

maakte een jampotje open. 'Een potje werkweek.'

'En een potje kerst,' zei Roos, die haar potje dicht liet. 'Met het hele gezin.'

Kim hield haar pot tegen de zon. 'Een potje vertrouwen op ons gevoel.'

Sprotje pakte het vierde potje en zei: 'En een potje Wilde Kippen.'

'Een potje lachen zou ook niet verkeerd zijn,' zei Melanie toen ze het laatste potje had gepakt, en ze veegde een traan weg.

Iedereen lachte en huilde tegelijk. Kim het hardst, zoals altijd.

Ze zetten de vijf jampotjes naast hun oude clubboek op de bovenste boekenplank in de caravan. De tranen liepen Kim nog steeds over de wangen. Maar toen begon haar telefoon te piepen, en dat kon alleen maar een bericht van Steve betekenen.

Melanie wilde nog naar het zwembad. Lisa moest naar haar wiskundige spraakleraar en Roos had een afspraak met Willem.

Sprotje bleef als enige achter. Ze praatte nog wat tegen de kippen en ruimde de caravan op. In een kartonnen doos met rommel vond ze nog een zesde jampot.

Sprotje plukte salie, witte en rode klaver, ereprijs, margrietjes en duizendblad. Ze schonk een beetje water uit de jerrycan onder de caravan in het potje en zette de bloemen erin. Toen zette ze de pot in haar fietsmandje en propte haar jas ertussen. 'Tot morgen, Emma, Isolde, Huberta, Dollie, Clara en Pavlova de Tweede, ook wel Chagall genoemd!'

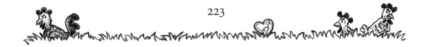

Het duurde even voor Sprotje het graf van Freds opa gevonden had. Het was een eenvoudige steen met een eenvoudige tekst. Sprotje zette de pot met bloemen voor de steen en dacht aan vissen bij onweer.

'Sprotje, wat doe jij hier?'

Sprotje draaide zich om en zag Fred aankomen.

Ze wilde zoveel tegen hem zeggen, maar ze kon niet bedenken wat. 'Wist je dat vissen bij een blikseminslag gewoon op de bodem afwachten tot de schokgolf voorbij is?'

'Dat heeft mijn opa je verteld.' Fred haalde een opgevouwen papiertje uit zijn zak. 'Dit heb ik van hem geërfd. Zogezegd.'

Voor Fred voor zijn zeventiende verjaardag, las Sprotje. 'Dat is over drieënhalve week.'

Fred vouwde het papiertje open. Het was een met de hand getekende landkaart. *Green River*, las Sprotje. En *Colorado River*. En *Zilvermeer*. 'Het wilde Westen,' mompelde ze.

Fred wees naar het Zilvermeer. 'Daar wilde hij met me naartoe. Om te vissen.' Hij vouwde de kaart voorzichtig weer op.

Een tijdje zeiden ze niets.

'Ik wil ook naar Amerika,' zei Sprotje. 'Naar mijn vader.'

'Je wilt hem van je zusje vertellen.'

'Of broertje. Mijn moeder krijgt het in haar eentje niet voor elkaar.'

Sprotje opende haar hand. Samen keken ze op het kompas. De naald trilde een beetje, maar de blauwe punt wees naar het noorden en de rode naar Fred.

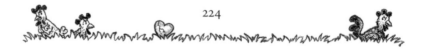

Epiloog

Sprotje klapt haar notitieboek dicht en kijkt uit het ronde raampje van het vliegtuig. Onder haar glinstert het zachte avondlicht van de ondergaande zon op de Atlantische Oceaan. Over een paar minuten landen ze in New York. Dat heeft de piloot zojuist omgeroepen.

Sprotje klikt haar gordel vast en maakt de zeventienjarige naast haar wakker. 'Wakker worden, Fred, we zijn er bijna.'

Lees ook de andere boeken over De wilde Kippen Club:

De Wilde Kippen Club

Avonturen kun je niet plannen, zoals ballet of zo. Die wachten om de hoek – en tsjak! opeens zijn ze er! Maar je kunt wel iets doen om het lot een handje te helpen. Daarom begint Sprotje een club, samen met haar vriendinnen Roos, Melanie en Kim. Een club met een eigenwijze naam, met clubgeheimen en een kippenveertje als herkenningsteken.

En dan komen de avonturen vanzelf. Avonturen die alles te maken hebben met de Pygmeeën, de club van vier jongens uit hun klas, gezworen vijanden van de Wilde Kippen...

Sprotje, Roos, Melanie en Kim gaan een week op schoolreis. Met de hele klas naar een jeugdherberg op een Waddeneiland. Op zo'n plek hoef je niet lang te wachten op een avontuur. Zeker niet als de jongens van de Pygmeeën ook mee zijn.

Maar het vreemde gelach dat ze 's nachts horen, en de geheimzinnige voetsporen – zitten de Pygmeeën daar ook achter? Of klopt er toch iets van het verhaal dat er een geest ronddoolt over het eiland?

De Wilde Kippen Club: Groot alarm!

Op een avond krijgt Roos telefoon. Het is Sprotje en ze heeft een geheimzinnige boodschap: *De vos komt eraan!* In de geheime taal van de Wilde Kippen betekent dat groot alarm, levensgevaar! Alleen in uiterste nood mag een Wilde Kip vossenalarm slaan. Die regel heeft Sprotje zelf verzonnen.

De Wilde Kippen Club komt meteen bij elkaar. Wat is er aan de hand? Heeft het alarm iets met de Pygmeeën te maken?

Meisje met paarden hebben de hemel op aarde! Maar daar is Sprotje het helemaal niet mee eens. Ze moet een week op vakantie naar een paardenkamp en heeft daar helemaal geen zin in. Ze moet er niet aan denken wat voor 'tuttebellen daar rondlopen. Die hebben het natuurlijk de hele dag over niets anders dan paarden en hoe snoezig ze wel niet zijn.'

Maar als de andere Wilde Kippen ook meegaan, krijgt Sprotje er al een beetje zin in. En ze is al snel gek op haar favoriete paard. Maar dat is niet de enige liefde die opbloeit...

Liefde is leuk... maar ook lastig! Daar weet Sprotje alles van. Tussen haar en Fred gaat het nu heel goed, ook al is Fred een Pygmee en dus een gezworen vijand van de Wilde Kippen Club.

Maar de andere Wilde Kippen hebben flinke liefdesproblemen. Roos heeft bijvoorbeeld een ingewikkelde weekendliefde. En over Melanie wordt geroddeld omdat ze flirt met bijna alle jongens van school. En dan wordt Lisa betrapt terwijl ze met iemand staat te zoenen...

De Wilde Kippen proberen beste vriendinnen te blijven. Maar door alle jaloezie en misverstanden is dat nog niet zo makkelijk.

Uitgeverij Querido stelt alles in het werk om op milieuvriendelijke en duurzame wijze met natuurlijke bronnen om te gaan. Bij de productie van dit boek is gebruikgemaakt van papier dat het keurmerk van de Forest Stewardship Council (FSC) mag dragen. Bij dit papier is het zeker dat de productie niet tot bosvernietiging heeft geleid.